中公文庫

戦国鬼譚　惨

伊東　潤

中央公論新社

目次

戦国鬼譚

惨

木曾谷《きそだに》の証人

一

サワラの樹林に踏み入ると、けたたましい啼《な》き声を上げつつ、百舌《もず》が飛び立っていった。

湿り気のある落葉土を踏みしめつつ、上松蔵人《あげまつくろうど》こと木曾九郎次郎義豊《きそくろうじろうよしとよ》は、根元の差し渡しが三尺（約一メートル）はある大木に近づいた。

ふと傍らを見やると、雑木の小枝に腹を刺し貫かれたカナヘビが蠢《うごめ》いている。

――百舌に早贄されたな。かわいそうに。

義豊が首をひねると、カナヘビは四肢を硬直させ、やがて動かなくなった。

カナヘビの死を確認した義豊は、続いてサワラの樹皮を剥《は》がすと、その色を確かめた。

すでにその眼差《まなざ》しは、小動物に対する哀れみを含んだものから、何かを専らとする者特有の厳しいものに変わっていた。

――赤味が強い上に、木理《もくり》が通直《つうちょく》で肌目が緻密だ。

サワラの灰褐色の樹皮は、赤味が強いほど柾目《まさめ》の密度が濃い良木とされる。

義豊が幹を押すと、石のように硬い中にも、わずかな弾力が感じられる。

――この木は大通《おおどおし》によい。

大通とは、城の天守や寺社の堂塔といった大型建築物に用いられる大通柱のことである。

——此奴《こやつ》らは、たとえ兄弟でも、それぞれの気質《かたぎ》が異なる。それを目利きし、それぞれに見合った役割を与えるのが、わしの仕事だ。

木の質は、日照時間の違いや地下の湿り気の微妙な差異により、隣り合っている木でも異なる。それを伐採前から目利きし、建築物のいかなる箇所に用いるべきかあたりをつけておくのが、杣頭《そまがしら》の仕事である。

義豊は歴《れっき》とした武士であったが、木曾谷では杣頭の役割も担っていた。というのも、農耕に適した広闊《こうかつ》地の少ない木曾谷では、林業が産業の要であり、林業なくして武士も民も食べていけないからである。そのため木曾谷の主である木曾家では、代々、次三男や血縁者の中から適任者を選び、幼い頃から杣頭の訓練を受けさせていた。むろん義豊も、その一人である。

「頼むぞ」と言わんばかりにサワラの幹をとんとんと叩《たた》いた義豊は、垂れ下がった枝に実った黄褐色の球果《きゅうか》を手に取り、その感触を確かめた。

——この子らのことは任せろ。良木に育ててやる。

その巨大なサワラに話しかけるように、義豊は幹の先を見上げた。

無数の手を空に広げたかのように伸びる枝々には、うっすらと雪が積もり、その隙間からは、橙色《とうしょく》の木漏れ日が差していた。

天正九年（一五八一）十二月、いつもと何一つ変わらない木曾谷の冬が、ゆっくりと近づいてきていた。

木曾谷南部の上松《あげまつ》にある館に戻ると、築地塀《ついじべい》の上にも、茅葺《かやぶき》の屋根にも、薄絹を掛けたように雪が積もっていた。

――そろそろ桟《かけはし》を締め直さねばならぬな。

木曾谷では、大風、長雨、紅葉、初雪と、季節の変わる予兆がある度に桟を架け替えていた。

桟とは、切り立った峡谷に付けられた細道を行き来するために、ところどころの岩壁に架けられた桟橋《さんきょう》のことである。丸太と板材を組んで藤蔓《ふじづる》で結んでいるだけなので、雪の重みに耐えられないこともあり、冬場は、とくにあらため（点検）を厳にせねばならない。

義豊が、高石垣の上に築かれた四脚門をくぐった時だった。

「父上！」

突然、石垣の袖から小さな影が飛び出してきた。五つになる次男の彦四郎である。

「ああ驚いた。心の臓が縮んでしもうたわい」

義豊がおどけると、彦四郎がけたたましい笑い声を上げた。

「父上は、わしが隠れていたことに気づかなんだか」

「ああ、全く気づかなんだぞ」

その太い腕で彦四郎を軽々と抱き上げると、彦四郎が手足をばたつかせた。

「下ろせ、下ろせ、もう赤子ではない」

「おっと、赤子かと思うた」

「違うわい！　わしは天下一の弓取り、朝日将軍源義仲《よしなか》であるぞ」

義豊の腕の中で、彦四郎が胸を張って名乗りを上げた。

「彦四郎は朝日将軍のようになりたいか」

「朝日将軍に倣い、わしは京に上る」

「そうかそうか、その夢はきっと叶《かな》うぞ」

「それは真か！」

「ああ真だ。その前に、これが何だか分かるか」

彦四郎を下ろした義豊がその肉厚の手の平を広げると、黄色い球果が現れた。

「サワラの実だ！」

「そうだ。この小さな玉が飯の種になる。おぬしは弓を取る前に山のことを学ぶのだ」

「つまらぬことだの」

「知れば楽しくなる」

彦四郎の頭髪に付いた雪を払った義豊が、暴れる彦四郎を肩車して母屋に向かおうとした時、九歳になる嫡男の宗十郎が走り来た。

宗十郎は、その年に似合わず思慮分別のある賢い少年だった。普段から物静かで人の話を聞くことがうまく、山造や炭焼きなど、山から糧を得る者の子らとも独自の関係を築いていた。宗十郎を通じて、彼らの親たちの本音が聞けるので、義豊も大いに助かっていた。控えめで人の心を常に慮《おもんぱか》ることのできる宗十郎の性格は、義豊とも共通しており、義豊には、宗十郎の将来が大いに楽しみであった。

彦四郎と戯れる義豊に宗十郎が告げた。

「父上、福島から使者が参られております」

木曾家の本拠である福島は、上松から一里ほど北に位置しているだけだが、途中、桟を伝わねばならない難所がいくつもあるため、冬場の行き来はさほど頻繁ではない。にもかかわらず使者が来たということは、何か重大な用件があるのだ。

――今年の物成《ものなり》（檜《ひのき》の等級）についてなら、すでに兄上に伝えたはずだが。

首をかしげつつも、義豊は母屋に急いだ。

木曾家当主である兄の義昌《よしまさ》には、今年の檜の伐採場所や伐採数はもとより、物成もすでに伝えてあった。その情報を元に、義昌は美濃《みの》や三河《みかわ》の材木商と交渉し、値を決めていく。檜林《くればやし》の管理を担当する義豊と商取引を司《つかさど》る義昌という形で、木曾家の役割はうまく分担されていた。

「ところで、使者は誰だ」

母屋の前で彦四郎を肩から下ろした義豊が問うた。

「千村掃部《ちむらかもん》様です」

義豊の顔が、好々爺《こうこうや》から武人のものに、瞬く間に変わっていった。

「お久しゅうござった」

義豊が姿を現すと、木曾家家老・千村掃部助家政《いえまさ》が軽く頭を下げた。

主の弟に対する礼としては、あまりに不躾《ぶしつけ》なものであったが、家政は筆頭家老として義昌庶弟の義豊よりも上席にあるだけでなく、齢《よわい》も五十半ばを過ぎており、義豊とも十五ほど年が離れているためか、常に義豊を見下すような態度を取る。

「さて、今日は何用でございますかな」

表向きはにこやかながらも、会所で向き合う二人の男の間は張りつめていた。それというのも、武田家との手筋（交渉窓口）を担う家政と、木曾谷の山林全体の管理を任されている義豊は、常に対立関係にあったからである。

「ところで、今年の物成はいかがでござろう」

時候の挨拶の後、緊張を和らげるかのように、家政が水を向けた。

「その件は、すでに兄上に申し伝えておるはず」

元来が生真面目な義豊には、交渉事に慣れた家政のような者の腹芸は通じない。

「そうでありましたか。それがしは甲斐《かい》に赴いておりましたので、とんと聞いておりませなんだ」

家政が鼻白んだかのように切り返したので、「致し方ない」といった様子で、義豊が説明した。

「まずは、赤沢の森からネズコ、アスナロ、サワラ合わせて、おおよそ一千本、正月末に山落とし、二月明けに錦織《にしごり》の綱場まで管流《くだ》しします。次の伐《き》り出しについては山と語うてから決めます」

「そのことでござるが――」

家政がその三白眼を光らせた。

「実は御屋形様（武田勝頼《たけだかつより》）が、すべての木材売買を停止《ちょうじ》せよと仰せなのです」

「何を仰せか」

義豊は愕然《がくぜん》とした。

「それがしは韮崎《にらさき》まで呼び出され、職（筆頭家老）の跡部大炊助《あとべおおいのすけ》様より、そのことをきつく申し付けられました」

この頃の武田家は、職の地位にある長坂釣閑斎光堅《ながさかちょうかんさいこうけん》と跡部大炊助勝資《かつすけ》の二人が、内政と外交を牛耳っていた。

「お待ち下され。武田家の傘下に入った折の取り決めとして、木材売買は、われらの差配に委ねられておるはず。それを御屋形様は反故《ほご》になさると仰せか」

弘治《こうじ》元年(一五五五)、武田信玄《しんげん》が木曾谷に侵攻した折、いち早く降服し、傘下入りを果たした木曾家は、その木材の売買権を引き続き保持できた。というのも木曾の木材は、木曾川《きそがわ》下流に向けて流さねばならず、美濃、尾張、三河の仲買人を経て、上方の神社仏閣に売却するほかに、売買の手立てがなかったからである。それゆえ信玄は、木曾家に規定の運上金を収めさせることで、その権益を認め、売買にも口を挟まないことにした。

「掃部様、御屋形様は木曾檜を織田方に渡さぬために、かようなことを仰せになっておるのではありますまいか。それでは、われらが干上がってしまう。まさか、地子銭(税)や諸役を減免してくれるというわけでもありますまい」

「まあ、それはそうですが――」

苦しい立場を察してくれと言わんばかりに、家政が苦虫を嚙《か》みつぶしたような顔をしたが、檜のことしか頭にない義豊にとっては、何の効果もなかった。

「御屋形様の命は、あまりに理不尽ではありませぬか」

「とは申しても、御屋形様が韮崎に新城を築いておられるのは、すでにご存じの通り。しかも本拠を移すとなれば、城下に重臣たちの館も要ります」

「すでにこの秋、御屋形様の館向けの良材はお送りしたはず」

「それだけでは足らぬのです」

武田家が領国防衛の拠点として新たに築いた韮崎新府城《しんぷじょう》は、いまだ半造作ながら、土塁や堀などの普請や勝頼の館などの主要施設が整い、勝頼らの移座が始まっていた。しかし、望楼《ぼうろう》や櫓門《やぐらもん》などの防御施設や家臣団屋敷の作事は、用材不足から進んでおらず、現時点では籠城戦ができる状態になかった。そのため勝頼は、再三にわたり木曾檜の搬送を義昌に督促していた。

「それでは、あと、どのくらい用立てればよろしいか」

義豊の問いに対し、家政がその皺《しわ》張った手を開いて見せた。

「五百本ですか」

「いやいや」

「まさか、五千本と仰せか」

うなずく家政を見た義豊は顔色を変えた。

「それだけ伐り出せば、木曾の山が枯れてしまう。木曾谷の檜は天からの授かり物。われらは山の声を聞き、山と語らいながら、その年の伐り出し地と伐り出し数を決めております。こちらの都合で、一方的に伐り出すわけにはまいりませぬ」

「それは重々承知しておりますが——」

「だいいち、ここから韮崎まで檜を運ぶのは、容易でありませぬ。鳥居峠《とりいとうげ》がどれだけの難所か、御屋形様とてご存じのはず」

これまで、武田家やその庇護《ひご》下の神社仏閣で檜の良材を必要とする場合のみ、木曾家は運材人夫を仕立て、木曾檜を甲斐国まで運んでいた。しかし、峻険《しゅんけん》な山道を行くことになるため、たいへんな負担となっていた。

「それは尤《もっと》もでござるが、われらは武田家中として、その命に従わねばなりませぬ。親類衆であるわれらがその命に従わねば、ほかの国衆どもにも、しめしがつかぬではありませぬか」

「昨年、大柱を五百本運ぶだけで、われらは夫丸二名の命を犠牲にしました。五千本も運ぶとなると、死人や怪我人《けがにん》がどれだけ出るか考えも及びませぬ。しかも、二百人が働いても二年はかかります」

二人が口角泡を飛ばして議論している場に、義豊の室の弥江《やえ》が茶を運んできた。

「お二方ともお静かに。お腹《なか》の赤子が起きてしまいます」

弥江が、こぼれんばかりの笑みを浮かべた。

「これは、お恥ずかしいところをお見せいたした」

家政が赤面すると、義豊も素直に詫《わ》びた。

「驚かしてすまなかった」

弥江は「大丈夫ですよ」と言わんばかりに目配せしてきた。

聡明《そうめい》な弥江は、険悪な空気を少しでも和らげるために姿を現したに違いない。

「それで、兄上は何と仰せですか」

弥江が去った後、義豊が常の声音で問うた。

「むろん殿は、御屋形様の仰せに従うおつもりです」

音を立てて茶をすすった後、家政が義昌からの書状を手渡した。

それを一読した義豊は天を仰いだ。

――兄上は何を考えておいでか。

「それでは、期日までに檜良材五千本をご用立ていただけますな。ご異存あらば、明後日の評定にいらしていただき、殿と皆の前で異議を申し立てて下され」

皆とは、木曾家の家臣ながら半国人化している山村《やまむら》、贄川《にえかわ》、奈良井《ならい》、島崎《しまざき》らのことである。むろんその中には、家中で最も幅を利かせている千村一族も含まれている。木曾家の領国経営は、彼らとの合議制の上に成り立っていた。

さも「自分の仕事は終わった」と言わんばかりに咳払《せきばら》いすると、家政が座を払った。

書院に一人残された義豊は、行かないつもりでいた福島での式日評定に、今度ばかりは出向かねばならぬと思った。

二

木曾氏は、信州木曾谷を本拠とする国人一族である。当主の義昌は朝日将軍源義仲以来十九代目を名乗り、由緒ある家柄を誇っていたが、実際は、義仲滅亡時の混乱に乗じて近隣一帯を押さえた地侍の末裔《まつえい》にすぎなかった。

鎌倉幕府滅亡から室町末期に至る混迷の時代にも、天険の地である木曾谷の地勢を生かし、木曾氏はその独立を保ってきた。しかし、永劫《えいごう》に続くかと思われた平和な日々も、東方から現れた侵略者により一変する。

弘治元年、甲斐より攻め寄せてきた武田信玄の前に屈した木曾氏は、その傘下入りを果たした。しかし当主の木曾義康《よしやす》は、その危機をも発展の機会に転じて見せる。

それ以前の木曾氏の領国は、北は鳥居峠から南は馬籠までだった。

鳥居峠を隔てた北麓の奈良井には奈良井氏が、さらにその北の洗馬《せば》には、強勢を誇る三村氏が蟠踞《ばんきょ》していた。

木曾氏降伏以前に三村氏を討ち、奈良井氏を降伏させていた信玄は、木曾氏に鳥居峠以北の奈良井、洗馬の支配をも任せた。しかも、三女の真理姫《まりひめ》を義昌に入輿《じゅよ》させ、木曾氏を武田家親類衆として遇したのである。

信玄には七人の女《むすめ》がいたが、長女の黄梅院《おうばいいん》を北条氏政《ほうじょううじまさ》に、次女の見性院《けんしょういん》を穴山信君《あなやまのぶきみ》（梅雪斎不白《ばいせっさいふはく》）に嫁がせており、三女を娶《めと》った義昌が、いかに破格の扱いを受けていたかが分かろうというものである。

諏訪《すわ》氏や仁科《にしな》氏をはじめとした信州国衆の大半が、信玄の謀略に掛かり、次々と家を乗っ取られていく中で、木曾氏だけがその命脈を保てたのは、ひとえに林業という特殊な産業を拠《よ》り所《どころ》としていたからである。

この時代、森林は唯一無二の貴重な資源であり、極めて付加価値の高い産業の一つであった。森林を管理し、良木を育て、伐採、製材し、上方に売りさばく木曾氏の事業構造に一目置いた信玄は、一朝一夕でこれを代替えする困難を覚《さと》り、木曾氏の自立性を重んじることにした。むろん、その代わりとして、運上金かそれに代わる賦役《ふえき》を課した。それは勝頼の代になっても変わらず、木曾氏の半独立は保たれてきた。

武田家の侵攻という危機を乗り切った父義康の跡を継いだ義昌は、森林資源という切り札を有効に使いつつ、長年にわたり武田家との良好な関係を保ってきた。

義昌は迷っていた。隣国美濃の遠山友忠《とおやまともただ》から遣わされた使者が、さかんに織田方への寝返りを勧めてきていたからである。確かに、木曾谷を行き来する行商人たちも、織田・徳川連合軍の本格的侵攻が間近であることを伝えてくる。

もしそれが真実なら、木曾谷は敵の矢面に立たされる。

長篠の惨敗以来、西国十二ヵ国を制するまでに至った織田家に比べ、義昌の仕える武田家は、坂道を転がり落ちるように衰退の一途をたどっていた。四囲に敵を抱えた武田家が、この衰勢を挽回《ばんかい》するのは容易ではないと、傘下国衆なら誰しもが考えるのが普通だ。

遠山友忠の使者は「風聞ではござるが——」と前置きした上で、親類衆筆頭の穴山信君でさえ、徳川家と接触を始めたことを伝えてきた。

半独立の国衆たる者、家を保つためには、それくらいのことをするのは当然であり、たとえそれが事実であっても、信君を責められないと義昌は思っていた。

そんな折、勝頼は木曾家に対し、「檜良材五千本」を要求してきたのだ。

勝頼の側近たちが、勝頼に正確な情報を伝えていないのは明らかであり、これでは義昌に「離反しろ」と言っているのも同じである。

「千村様が参りました」

襖《ふすま》越しに取次役が伝えてきた。われに返った義昌は顔を引き締めた。

「通せ」

千村家政が、その小太りの体軀《たいく》を丸めるように平伏した。

「首尾はどうであった」

挨拶ももどかしげに義昌が問うと、「得たり」とばかりに家政が答えた。

「案に相違せず、蔵人殿は承服いたしませなんだ」

「やはりな」

——九郎（義豊）は山守《やまもり》でしかないのだ。わが家の立場や計策（外交）などに一切、頓着せず、ただ山のことだけを考えておる。

頑《かたく》ななまでに木曾の山林を守ろうとする義豊の態度に、義昌は怒りを覚えた。

——彼奴《きゃつ》には、木曾家よりも山が大切なのだ。

「しかしながら、此度《こたび》の韮崎築城は、当初から、われらの檜を当てにしてのものと聞いております。用材なくして、いかな城とて築くことは叶いませぬ」

「そんなことは百も承知だ！」

義昌は、己の苦しい立場を理解しようともしない家政にも怒りを覚えた。

「まさか殿は、御屋形様の御用を突っぱねるおつもりではありますまいな」

「何を申すか」

心中の迷いを隠そうとするかのごとく、義昌が威厳を取り繕った。

「木曾家は武田家あってのものだ。御屋形様が木曾の良材をご所望ならば、家臣として、それに応えねばなるまい」

「そのご覚悟がござれば、それがしは何も申しませぬ。此度の評定には、蔵人殿もやってこられましょう。蔵人殿に有無を言わさず、御屋形様の命に従うよう申し付けられまするか」

「当たり前だ」

「それなら結構。甲斐国には、殿の母上、御曹司、姫君がおられることをお忘れなく」

そう釘《くぎ》を刺すと、家政が下がっていった。

そもそも千村家は、木曾家と祖を同じくする親類衆であり、代々、木曾家の家老職を世襲してきた家柄である。しかし弘治元年、木曾家が武田家に降伏してからは、その交渉窓口となり、しぜん親武田派となっていった。

――証人（人質）を取られておるのだ。返り忠などできるはずがあるまい。

義昌は自嘲的な笑みを浮かべた。

織田領国の美濃国と境を接する木曾家は、武田家中で特別扱いされている反面、最も離反しやすい国人として、武田家から警戒もされていた。それゆえ証人として、義昌の七十歳の老母、十三歳の長男千太郎《せんたろう》、十七歳の長女岩姫《いわひめ》の三人を甲斐国に預けさせられている。

――わしを育ててくれた母上と、かわいい子らを見殺しになどできるものか。織田がいかに強大でも、この山間《やまあい》の地に拠《よ》って粘り強く戦えば、必ずや活路は見出《みいだ》せるはずだ。

義昌は己にそう言い聞かせた。

しかしそれも、勝頼の後詰（援軍）あっての話である。

この年の三月、再三、救援を求める遠江国高天神城《とおとうみのくにたかてんじんじょう》に対し、勝頼は一兵も送らず、城兵六百八十八名を見殺しにしている。

――前年から高天神の危機は分かっていたはずだ。それでも御屋形様は高天神を後詰せず、経略がうまくいっている上州に赴いた。御屋形様は目先のことしか考えず、深慮遠謀に欠けるお方だ。木曾家も見捨てられるに違いない。

木曾家単独では到底、織田方の侵攻に抗し得ないことを知る義昌は、さかんに後詰勢の派遣を勝頼に要請していた。しかし返ってくるのは「檜良材五千本を用立てよ」という命だけである。

義昌は次第に暗澹《あんたん》たる気分になっていった。現に韮崎に新城を築くということは、敵の侵攻があった場合、韮崎を防衛線とする構想の現れであり、外縁部の国人たちを見捨てるという宣言にも等しい。

勝頼が武田領国全体を守るつもりなら、すべての財を傾けてでも、木曾谷の防御力強化に力を注ぐはずである。本来であれば、「檜の良材五千本」も木曾谷の要害構築に費やすべきであろう。

そうしたことをつらつらと思いつつ、義昌は、まんじりともしないで一夜を明かした。

夜明けになるのももどかしく寝床を抜け出した義昌は、起床してすぐに弓を引くという木曾家当主の習慣に従い、重籐《しげどう》の大弓を持つと的場に向かった。

霜を踏みしめる感触が、昨日よりもはっきりしている。

——もう冬か。

空を仰ぐと、曇天の空から、ちらほらと細雪《ささめゆき》が降ってきている。はるかに望む山々の頂も、昨日より白色が濃くなったように感じられた。

——人の苦悩をよそに、季節は気ままに移り行く。

的場に着くと、小さな人影が石のように拝跪《はいき》していた。人影にはうっすらと雪が積もり、少なくとも小半刻《こはんとき》(三十分)は、そのまま動かずにいたことが察せられた。

「早かったな」

「はい」

大弓の弦をしごくと、義昌は矢をつがえた。

——九郎め、夜を徹して参ったな。

難所の多い福島・上松間を夜間に通行することは、多くの危険が伴う。それでも義豊は、午後から始まる評定の前に義昌を説得すべくやってきたのだ。そうした義豊の覚悟を知るにつれ、義昌の決意は逆の方向に固まっていった。

空気を裂く音とともに放たれた矢は、的を外れて砂俵に突き刺さった。

「心に迷いがございますな」

「何——」

体に付いた雪を払った義豊は、黙って義昌の手から弓を奪うと矢をつがえた。次の瞬間、冷気を切り裂く小気味よい音とともに放たれた矢は、的の中心に突き立った。

「いつもながら見事な腕だな」

「それがしには、迷いがございませぬゆえ」

義豊が返してきた弓を荒々しく奪った義昌は、義豊に背を向けると、雪化粧を始めた木曾の山々を見やった。

「用向きは分かっておる」

「それならば、すぐにでも御屋形様に使いを出し、お断りなされよ。少なくとも、御用本数の減免をお願いするのが筋かと」

「いや、そのつもりはない」

義豊の顔色が変わった。

「兄上は、唯々諾々と武田家の命に従うつもりではありますまいな」

義豊に背を向けたまま、義昌は毅然《きぜん》として言いきった。

「そのつもりだ」

「何と」

「われら木曾家は武田家の親類衆だ。ほかの国衆の手本となるためにも、その求めには応じねばならぬ」

「しかし、兄上は五千本もの檜をいかに伐り出し、いかに韮崎まで運ぶおつもりか」

——それが困難なことくらい、わしにも分かっておる。

義昌は叫び出したい心境だった。

「御屋形様からの命だ。いかなる手を使っても、やり遂げねばならぬ」

「いかにして」

「それを考えるのがおぬしの仕事であろう!」

「兄上」

義豊は悲しい目をしていた。

「わしらには武田も織田もない。どちらが上に立とうが同じことだ。ただ一途に、わしらは、木曾の山とそこで糧を得ている民を守らねばならぬ」

「そんなことは分かっておる。そのために、わしは武田家に忠節を尽くすと申しておるのだ!」

義昌の怒声に驚いた山鳥が、的場の裏山から逃げていった。

「兄上は、本心から武田が織田を押し返せるとお思いか」

「それは——」

返す言葉に詰まった義昌に、義豊が畳み掛けた。

「兄上、織田方の侵攻は間近と聞く。このままでは、敵の侵入口にあたる木曾谷は踏みにじられる。われらはもとより、木曾谷に住む生きとし生ける者すべてが撫《な》で斬《ぎ》り（皆殺し）に遭うだろう。しかも恃《たの》みとする武田家は、甲斐国を守ることに汲々《きゅうきゅう》とし、われらのような僻遠《へきえん》の国人を顧みることはない。これでは、われらは捨て置かれたも同然だ」

「そんなことはない。木曾谷が危機に陥れば、御屋形様は必ず駆けつけてくる」

「それを信じた高天神の将兵が、どうなったとお思いか」

義豊の言葉が義昌の胸底に重く響いた。

——おぬしの申す通りだ。

幾度も出かかった言葉を、義昌はのみ込んだ。

「この美しき木曾谷が、黒く焼《や》け爛《ただ》れた禿山《はげやま》になっても、兄上はよいと仰せか」

「わしの肚はもう決まっておる」

「兄上、いま一度《ひとたび》、お考えいただけぬか」

「これ以上の談義は無用だ」

義豊の手を振り払って館に戻ろうとする義昌の背に、義豊の声が追ってきた。

「兄上は、御母堂《おぼどう》様や御子息が心配なのであろう。その気持ちはよく分かる。しかし——最も触れてほしくないことに触れられ、義昌の頭に血が上った。

「肉親への情で、わしが判断を誤ることはない！」

何かに急《せ》かされているがごとく、義昌は大股で館への道を戻っていった。

午後から始まった評定は千村家政主導で進んだ。

「皆の衆、それでは武田家に忠節を尽くし、檜良材五千本を用立てることでよろしいか」

「致し方ない」

「是非《ぜひ》にも及ばぬ」

千村家政の念押しに、山村、贄川、奈良井、島崎ら木曾家重臣は、そろって首肯した。ここで反駁《はんばく》でもしようものなら、家政に「謀反人」として糾弾《きゅうだん》され、織田方の侵攻前に制裁を受けることにもなりかねないからである。

「蔵人殿、それでは運材方法をご考案いただけまするな」

家政の言葉に、義豊は諾とも否とも返さなかった。無視されたことに、あからさまな不快感を示しつつ、家政が主座を占める義昌に向き直った。

「殿、かように決まりました」

「うむ」

義昌が座を払おうとした時だった。

「殿、お人払いを——」

義豊が膝をにじった。

「蔵人殿、貴殿は殿と二人で語らい、たった今、皆で決めたことを覆すつもりではありますまいな」

家政が色をなしたが、義豊は泰然として言い返した。

「そんなつもりはござらぬ」

「いかにご兄弟とはいえ、それでは家内の秩序が――」

「二人とももうよい。蔵人と二人で語ろうても、わしの存念は変わらぬ」

義昌が断じたが、家政はなおも食い下がった。

「しかし殿、われらは代々、一枚岩として――」

「皆、下がれ」

「殿――」

「掃部、下がれと申したはずだ！」

不満をあらわにしながら、家政は次の間に下がっていった。

広間には、義昌と義豊だけが残された。

あらためて義豊を見ると、その鬢《びん》には、白いものが目立ち始めている。

――思えば、兄弟二人で力を合わせ、よくぞここまで木曾家を守ってきたものだ。

義豊を従え、木曾谷を所狭しと走り回った幼い頃が、義昌の脳裏に浮かんだ。館に帰ると競うように飯を食らい、父に褒めてもらいたい一心から、弓に乗馬に学問に、共に励んだものだった。

「兄上、幼き頃、それがしが死にかけた折のことを覚えておいでか」

「ああ、高熱を出した時のことだな」

義豊が昔を懐かしむような遠い目をした。

「あの折、襖越しに父上は仰せになられた。『かように運薄き者なら、このまま死んだ方がましだ』と。その言葉を聞いた時、子供心にわしは生きてやろうと思うた。そして、父上を見返すために必死に生にしがみついた」

「そうであったな」

「あの時、父上が己の命に代えても、わしを救いたかったということを知ったのは、父上の三回忌の折だった」

父義康が、義豊のために高価な唐薬《からぐすり》を買い求め、京から高名な法印（医師）まで招こうとしていたことを二人が知ったのは、義康が死して後だった。

「父上は情け深いお方だった。三村一族のように短気を起こさず、木曾谷の民のためにその誇りさえ捨て、信玄の草鞋《わらじ》に額を擦り付けた。その血をわれらも引いておる。情に篤《あつ》い兄上が、甲斐にいるご母堂様らの命を救いたい気持ちは分かる。しかし、もし武田家が滅びれば、どのみち木曾家の者が救われる道はないのだ」

「つまりおぬしは、わしに母上と子らを見捨てろと申すのだな」

「――」

苦しげに顔をしかめつつ、義豊がその面を伏せた。

「それが答えか」

脇息《きょうそく》の端を握る義昌の手が震えた。

「どうなのだ、はっきりと答えよ！」

顔を上げた義豊は片頬を引きつらせつつ言った。

「木曾谷と領民のため、わしであればそうする」

「それは、本心から申しておるのか」

「いかにも」

義豊がかすれた声を絞り出した。

「兄上の辛さは、わしにも分かる」

「おぬしに何が分かる！」

義昌の投げた脇息が、音を立てて板敷きの上を転がった。

「兄上、皆で決めたこととはいえ、最後の断を下すのは兄上だ。そのことを忘れず、木曾谷にとって最もよき道を選んで下され」

悄然《しょうぜん》と首を垂れ、義豊が座を払った。

その後ろ姿を見送りつつ、義昌は苦悩の淵《ふち》に沈んでいった。

三

上松の館に戻った義豊を、家族が温かく迎えてくれた。その気遣いが、義豊には義昌に対する後ろめたさにつながった。

――兄上は正室の真理姫様とうまくいかず、側室を愛《め》でた。最初の二人の子は側室がなし、その二人を質子《しちこ》に取られた。われらが敵方に転じたとき、真理姫様の腹であれば、まだ救われる道もあるが、武田家に縁もゆかりもない側室腹では、御屋形様は容赦なく斬るはずだ。

囲炉裏《いろり》端には己の家族がいた。弥江は何かを縫い、宗十郎は書見していた。彦四郎は寝入ってしまい、その小さな体に、綿入りの打掛が掛けられている。

――この愛《いと》しい者たちの命が絶たれるなど、考えられぬ。果たして、わしが兄上の立場であれば、木曾谷を救うために、家族を犠牲にすることができるのか。

義豊は幾度も自問を繰り返した。

「いかがなされましたか」

仕事の手を休めた弥江が笑みを浮かべて問うてきた。

「ああ、少し考えごとをしておった」

われに返った義豊も笑顔で応じた。

弥江の腹は熟れた瓜《うり》を入れたように大きくなり、三人目も元気な赤子が生まれるはずだ。子煩悩な義豊は、赤子の誕生を一日千秋の思いで待ちわびていた。

義豊の様子に安堵《あんど》したかのように、弥江が縫い仕事に戻った。

「何をやっておる」

「嬰児《やや》の肌着を繕うております」

弥江の手には、着古した幼児用の肌着があった。

「それは、宗十郎と彦四郎が使うたものだな」

「はい、繕えばまた次の子にも使えます」

弥江が恥ずかしげに微笑《ほほえ》んだ。

——兄上に比べれば、わしはつくづく幸せ者だ。わしは、己一個の幸せを守りたいだけなのではないか。

「何か気がかりなことでもおありですか」

手を動かしながら、また弥江が問うてきた。

「気がかりなど何もない」

「本当に——」

「ああ、福島に赴いたのは檜の売買のことだ。伐採地について、皆の間で些少《さしょう》の心得違いがあり、それをまとめてきた」

「それならよろしいのですが」

「父上」

囲炉裏端で書見していた宗十郎が、思い詰めたような目で問うてきた。

「日ならずして尾張と美濃の兵が寄せてくると、山の民や日用《ひよう》（日雇い）の子らは申しております。皆、木曾家が織田方につかぬなら、欠落逃散《かけおちちょうさん》すると語り合うておるとのこと」

「ほう」

義豊は話をはぐらかそうとしたが、宗十郎は真剣だった。

「父上、われらはいかがいたすのです」

「心配には及ばぬ」

これで話を打ち切りたいかのごとく、義豊が奥の居室に引き上げようとした時、門口の辺りで義豊を呼ぶ甲高い声が聞こえた。

「宗十郎、迎えに出ろ」

「はっ」

宗十郎に導かれて現れたのは、伐り出しや筏《いかだ》送りの日用を集めるため、犬山まで行っていた中乗りの作右衛門《さくえもん》であった。

中乗りとは、伐採地から中継地点まで檜を運ぶ運材専門の船頭のことである。

木曾川は、流れが速く難所も多いため、筏送りには、すべての川底を知り尽くすほどの経験と高度な技術が必要とされた。

作右衛門は木曾川から上がってすぐに来たらしく、川水よけの笠《かさ》と蓑《みの》を着けたままだった。その姿からも顔つきからも、切迫した様子が伝わってくる。

――何かあったな。

義豊は、異変が起こったことを直感した。

「お頭、たいへんだ。犬山城下で日用を集めるどころではねえ。犬山は敵の兵で溢《あふ》れ返っておる」

笠の紐《ひも》を解くのももどかしげに、作右衛門がまくしたてた。

「それは真か」

「織田の大将は、年明けにも、こちらに仕寄ってくるとのことだ」

「まさか」

まだ時間的余裕があると思っていた義豊は愕然とした。

「して、攻め口はどこだ」

「陣夫たちから聞き出した話では、岐阜や岩村にも多くの兵が詰めておるそうだ。そちらの勢は、秋田城介《あきたじょうのすけ》様（織田信忠《おだのぶただ》）を御大将に頂き、下伊奈口《しもいなぐち》（平谷口《ひらやぐち》）から攻め入るとのことだ」

「遠山様に任せておるそうだ。遠山様は木曾の山と林を無傷で残したいので、織田の大将に、仕寄るのを待ってもらっておると聞いた」

またしても木曾家は、森林資源に救われていた。

「つまり遠山殿は、兄上の許《もと》に降伏勧告の使者を送っておるというのだな」

「そうじゃろな。しかし、降伏を待つのも正月末まではないかとの話だ」

「正月末か」

――急がねば、すべては手遅れになる。

「作右衛門、大儀であった。わしはすぐに書状をしたためねばならぬので、ほかに話があらば、宗十郎にしておいてくれ」

「へい」

「弥江、作右衛門に熱いのをつけてやってくれ」

「かしこまりました」

弥江に濁酒の支度を命じた義豊は一人、居室に退《しりぞ》くと墨をすろうとした。

――しかし今更、兄上がわしの書状一つで動くとも思えぬ。

墨を持つ義豊の手が止まった。

――兄上は孝行者の上に子煩悩だ。甲斐にいる肉親を見殺しにはできまい。しかしこの

「木曾はどうなる！」

ままでは、三人の命と引き換えに木曾谷は灰になる。しかも、武田家滅亡ということになれば、三人の命さえ覚束《おぼつか》ないのだ。

義豊は、木曾家がどうにも身動きの取れない深い穴に落ちてしまったことを覚った。

――織田勢の侵攻が間近なのは、すでに武田家も気づいておるはず。武田家が木曾谷を救うつもりなら、すでに後詰を送ってこなければおかしい。たとえ武田家が敵を押し返せても、それは高遠か韮崎でのことだ。いずれにせよ木曾谷は灰になるしかない。

墨を握る義豊の拳が震えた。

四

――この木は伐り出されるのを待っておる。

赤沢に踏み入った義豊は、サワラの幹を頼もしげに叩いた。根元の差し渡し三尺五寸（約一メートル）長さ七間（約十三メートル）はある大木である。赤沢には、そうした大木が林立していた。

――伐り出された大木は、神社仏閣の柱や梁《はり》となり、永劫に続く時の流れの中を生きるのだ。

何があっても木曾谷の山林を守り抜かねばならぬと、義豊が決意を新たにしたその時、周囲に人の気配がした。

気配は、四方から義豊を取り巻くように迫ってくる。

――敵か！

味方であれば声をかけてくるはずであり、黙っている限りは敵であった。

間髪入れず義豊は走り出した。気配も義豊の後を追ってきた。

――わしのような山守に何用か。

義豊にとって赤沢の森は己の庭と同じである。複数の敵が追ってこようが、逃げおおせる自信があった。沢を飛び越え獣道に入ると、義豊は杣小屋のある方角を目指した。ところが、義豊の行き先をあらかじめ知っていたかのごとく、道の中央に一つの影が立ちはだかっている。杣小屋の位置を知る敵が、そちらに義豊を追い込んだに違いない。

――致し方ない。

走りながら背に隠した鎧通《よろいとお》しを抜いた義豊は、すれ違いざま、敵に斬りつけた。しかし、上体を低くしてそれをかわした敵は、すかさず義豊の足を払った。

――しまった。

慌てて起き上がった義豊であったが、すでに周囲を敵に囲まれていた。

義豊が覚悟を決めると、先ほど行く手を阻んだ敵が前に進み出た。年の頃は、いまだ二十も半ばを超えたくらいの若者である。

「ご無礼の段、平にご容赦下され。かような手を使わねば、上松様とは、お話もできぬと思いましたゆえ」

呆気《あっけ》に取られる義豊を尻目に、若者は片膝をつき、頭を垂れた。

「貴殿らは、わしを害しに参ったのではないのか」

「とんでもない。われらは使者にございます」

「使者と」

対外的な交渉ごと一切を受け付けず、商人からの申し入れでさえ、義昌に回してしまう義豊を知る者であれば、こうした手荒なまねも無理からぬことだった。

「して、貴殿の名は」

「遠山友忠三男、久兵衛《きゅうべえ》友政《ともまさ》に候」

その名を聞いた義豊は啞然《あぜん》とした。

供の者たちを外に残し、友政を誘って杣小屋に入った義豊は、囲炉裏の火を熾《おこ》し、湯を沸かした。

友政は義豊の手元を見るでもなく、中空に視線を据えたまま、行儀よく囲炉裏端に座していた。その様子から、友政が思慮深い若者であると分かった。

――慌てて用件を切り出さず、こちらの心が落ち着くのを待っておるに違いない。

若さに似合わぬ友政の悠揚迫らざる物腰に、義豊は感心した。

――長ずれば、宗十郎もかような若者になるのだろうな。

いつしか義豊は、友政に己の息子の姿を重ね合わせていた。

「まずは茶でも――」

「はっ」

義豊の差し出した欠け茶碗《ちゃわん》を手に取った友政は、ゆっくりと茶を喫した。

「いかがでござろう」

「これは――、なかなかの味にござる」

「遠江で穫《と》れた茶葉で淹《い》れております。三河商人がわれらにも分けてくれますゆえ」

「いかさも、交易には国境《くにざかい》などありませぬな」

こちらの意を汲《く》み、当意即妙な受け答えをするこの若者を、義豊は気に入った。

「国主どもの縄張り争いのために設けられた国境などというものをなくし、気ままに交易ができる世を築けば、木曾の檜が、あまたの国々の神社仏閣に行き渡ります。それがひいては民を豊かにし、皆に幸せをもたらすのです」

「われらが主と仰ぐ右府様（織田信長）も、そうしたお考えをお持ちと聞きます」

「えっ」

茶碗を口に持っていこうとしていた義豊の手が止まった。

「右府様の存念（理想）は天下布武にあります。武をもって天下を一つにし、奥州から九州まで、貨幣も度量衡も統一し、人の行き来を自由にすることを、右府様は目指しておいでなのです」

「それは真でござるか」

そこまで先進的な思想を信長が持っているなど、義豊は知らなかった。

「いかにも、右府様の所業は苛酷にすぎるところもあります。従わない者は撫で斬りとし、たとえ命を助けても、すべてを取り上げます。しかしその目指すところは、織田家の旗の下《もと》で、武士も民も安んじて暮らせる世を築くことなのです」

義豊は、木曾家の主筋にあたる武田勝頼との差に愕然とした。勝頼は確固とした理念も信念も持たず、場当たり的な外交と戦いに明け暮れている。

「蔵人様、いずれにしても、事は急を要します」

「それほど事態は切迫しておるということですな」

義豊がため息をついた。作右衛門の集めてきた話は、すべて正鵠《せいこく》を射ていたのだ。

「今のところ、右府様に木曾谷侵攻を待っていただいておりますが、それも正月末までのこと。残すところ一月《ひとつき》余しかありませぬ。一方、福島から届いた伊予守《いよのかみ》様（義昌）の書状には、『これまでのご配慮、真にかたじけない。しかしながら、われら一族を挙げて武田家に殉ずることに決した』とありました」

「やはり、そうでしたか」

遠山家に対する正式な返書の上でも、義昌が武田家に殉ずると告げたのだ。

「父祖代々、嫁のやりとりなどで誼《よしみ》を通じてきた木曾家と木曾谷を救うべく、それがしは父と共に手を尽くしてまいりましたが、これで万事休すとなりました。最後の手立てとして、蔵人様の許にそれがしを遣わし、策を講じるほかないと父が申すので、ご無礼を承知で、ここまで伺った次第にございます」

「お二人のご配慮、真にかたじけない」

義豊が頭を垂れた。

「蔵人様、伊予守様を翻心させる手立てはございませぬか」

友政の瞳は真剣そのものだった。それは己一個の欲心からではなく、心底から木曾の民と森林資源を守りたいという、一途な思いから発している瞳であった。

「蔵人様、よくお考え下さい。右府様は上方の富を独占し、その兵力はすでに十万余。しかもその兵の強さは、尾張の弱兵と呼ばれていた信玄公ご在世の頃とは比べものになりませぬ。いかに当代最強を謳《うた》われた武田家とて、もはや抗《あらが》う術《すべ》はないのです。しかも武田家が唯一、誼を通じさせていた北条家と手切れとなった今、後詰のやってくるあてさえなく、武田家は滅亡を待つばかりではありませぬか」

――それは、わしにも分かっておる。

叫び出したい気持ちを抑えて、義豊が言った。

「しかし、それがしにも、兄上を翻心させる手立ては思いつきませぬ」

「それでは、この美しき木曾谷が灰になってもよろしいのですか」

気づくと、友政の精悍《せいかん》な顔が眼前に迫っていた。義豊は老いの迫った己の顔を思い出し、恥ずかしげに顔をそむけた。

――いかにもこの若者の申す通りだ。このまま何もせねば、敵は木曾谷に討ち入り、われらを焼き尽くすだろう。信長に慈悲の心はない。伊勢《いせ》長島《ながしま》、比叡山《ひえいざん》、伊賀《いが》で行われたことが、ここでも粛々と繰り返されるだけだ。この自然の恵み豊かな木曾谷が、この世から消えてなくなるのだ。われらと共に汗して働き、喜びを分かち合ってきた領民も、そのほとんどが殺される。

炎の中を逃げ惑う領民と、火柱と化した木曾檜の林を想像し、義豊は戦慄した。

「久兵衛殿」

義豊が威儀を正した。

「わしは福島に赴き、もう一度だけ兄上に申し聞かせてみます。ぎりぎりまであきらめずにお待ちいただきたい」

「分かりました。吉報をお待ちいたしております」

深々と頭を下げると、友政は供の者たちと去っていった。

五

「掃部、話が違うではないか！」

　義昌の怒声が広間に響き渡った。

「いや、御屋形様は、しばし待てと仰せなのです」

「それはおかしい。われらだけで敵を防ぐことが叶わぬは、御屋形様とてご承知の通り。それゆえ後詰を回していただきたいと、再三、申し上げておるのだ！」

　勝頼から届いた書状を叩きつけると、義昌は沈痛な顔をして脇息《きょうそく》に身をもたせかけた。そこには、「檜を用立てぬ限り、後詰は送らぬ」と書かれていた。

「それならば、何ゆえ檜を運ぶのを遅らせておりまするか。聞くところによると蔵人殿は、いまだ伐り出しさえ行っておらぬというではありませぬか。そうした話は甲斐にも聞こえておりまするぞ。こちらが誠意を示さねば、武田家とて応えようがありませぬ」

　痛いところを突かれた義昌は言葉に窮した。確かにここのところ、義豊からは何の音沙汰もなく、風説によると、いまだ伐り出しは開始されていないという。

　義豊が、事態の推移を見守っていることは明らかだった。

──九郎め、わしの母と子らを見殺しにする気か！

義豊に対し、義昌は殺してやりたいほどの憎しみを抱いた。

たとえそれが風説でも、勝頼は離反の疑いある者に容赦はしない。いまだ用材の伐り出しさえ行われていないことが勝頼に知られれば、それを謀反の証とされ、人質の命が奪われるやもしれぬのだ。

――もはや一刻の猶予もない。

その時、取次役が襖の向こうから声をかけてきた。

「上松蔵人様のお越しです」

「何だと」

義豊の方から来るなど思いもしなかった義昌は戸惑った。

「分かった。すぐ行く」

義豊の待つ小書院に向かおうとする義昌の背に、家政の言葉が浴びせられた。

「殿、何としても、蔵人殿に即日の伐り出しを命じなされよ。さもないと――」

「さもないと何だ！」

「それは、殿が誰よりもご承知でござろう」

匕首《あいくち》のように鋭い家政の言葉が、義昌の背に突き刺さった。

足早に渡り廊下を進み小書院に入ると、すでに義豊が平伏していた。いかにも物の分かったようなその顔を見たとたん、義昌の怒りが爆発した。

「九郎、己の役目を怠りおって！」

怒号とともに義昌が義豊を足蹴にした。しかし義豊は、それさえも予期していたかのごとく、平然と言い返してきた。

「兄上、いま一度、いま一度だけ、お考え下され。このままでは木曾谷は滅び――」

「木曾谷のことなど、知るか！」

二度目の足蹴で義豊の髻《もとどり》が外れた。

「兄上、いま何と申されたか！」

白髪の混じり始めた頭髪を振り乱しつつ、義豊が義昌の袴《はかま》の裾を摑《つか》んだ。

「うるさい！　わしには――」

義昌の頰を涙が伝った。

「わしには、木曾谷よりも母と子が大切なのだ！」

その時、騒ぎを聞きつけた小姓と近習《きんじゅ》が駆けつけ、義昌を取り押さえようとした。

「おぬしらは下がっておれ！」

義昌の剣幕《けんまく》に驚いた小姓と近習は、戸惑いつつも下がっていった。

小書院には義昌と義豊だけが残された。

ようやく興奮が収まった義昌は、肩を落とす義豊の眼前に、どっかとばかりに腰を下ろした。

「もう、おぬしの顔など見とうはない。愛しい室と子を連れ、木曾谷を去れ」

「兄上――」

義豊は、その細い目に涙を浮かべていた。

「それは、あまりの申しようではないか」

義昌は、再び胸内から怒りの焔《ほむら》が湧き上がってくるのを感じた。

「よいか九郎、証人に取られておるのは、わしの母であり、わしの子なのだ。おぬしの家族ではない。わしには、木曾谷よりも母と子の命が大切なのだ」

「とは申しても兄上、この木曾谷には父祖代々、われらを慕ってきた民がおる。その民にも家族がおる。兄上は、われらの同胞《はらから》がことごとく撫で斬りに遭うてもよいと申すか」

「九郎――」

義昌が義豊の胸倉を摑んだ。

「皆の命を救うために、何ゆえわしが、母と子の命を犠牲にせねばならぬのだ」

義豊が悲しげに首を振った。

「それが武家の運命《さだめ》というものではないか。こうした時のために、われらは日々の厳しい仕事にも就かず、暖衣飽食を許されておるのであろう」

「それがどうした！　われらと領民は重代相恩の間柄だ。こうした折にこそ、主のために死ぬるが臣下というものであろう！」

「何と恐ろしいことを——。兄上は気でも違ったか」

「それが人というものよ」

つい本音が出てしまった義昌は、決まり悪げに義豊に背を向けた。

「兄上、目を覚ませ！　善政を布《し》き、他所《よそ》の民が羨むほどの地に、この木曾谷をしていこうと、共に誓った若き頃を忘れたか！」

義豊の言葉が義昌の良心を呼び覚まそうとした。しかし、己の意志とは裏腹な言葉が、義昌の口をついて出ていた。

「それではおぬしはどうだ。おぬしも木曾家の者として、民よりも豊かな暮らしを享受してきたではないか。わしの食ろうておるものとたいして変わらぬものを食らい、惚《ほ》れ合うた美しい室をもらい、しかも——」

こみあげるものを堪えかねたかのように、義昌の言葉が詰まった。

「おぬしはずっと家族と一緒だったではないか！　わしが、どれだけ千太郎を抱きしめたかったか、どれだけ岩姫の笑顔を見たかったか、おぬしには分かるまい」

「そ、それは——」

「わしとて、おぬしのように子に狩を教え、弓矢の道を説き、手習いを見てやりたかった。千太郎や岩姫と楽しく語らいたかったのだ！」

義豊の顔が悲しみに歪《ゆが》んだが、義昌は容赦しなかった。

「わしはおぬしが羨ましかった。いつも家族と一緒にいるおぬしが、身悶《みもだ》えするほど羨ましかった。何ゆえわしは子らと一緒に住めぬのか、何ゆえわしは子らと囲炉裏が囲めぬのか、頭では分かっていても、どうしても納得できなかった。今年の御霊《みたま》送り（盆祭り）で、おぬしが子らの手を取り挨拶に参った折、わしがどれだけおぬしを羨んだか、おぬしには分かるまい！」

義昌が慟哭《どうこく》した。

「兄上、わしが悪かった。兄上の気持ちを少しも察せず、家族仲よきところを見せつけたわしが悪かった。しかし、木曾谷の民に罪はない。どうか皆を救ってくれ」

「うるさい！　武田の後詰が駆けつけぬからには、わしはこの地で死ぬだろう。だがわしの母上と子らは、御屋形様とどこぞに逃げおおせるやも知れぬ。わしはそれに賭けたい」

「何ということを。それでは木曾谷の民よりも、兄上には、身内が大切なのか」

「そうだ！　質子として辛い日々に耐えてきた千太郎と岩姫に、せめて生きる望みくらいは与えてやりたい。わしが親としてできることは、それくらいしかないではないか」

そこまで言うと、義昌は座を払った。

「兄上、お待ちを！」

足元にとりすがろうとした義豊を、いま一度、足蹴にした義昌は、二度と背後を振り返らず、大股でその場から去っていった。

六

天正十年（一五八二）の正月が開けた。

木曾谷では新年を祝うどころではなく、戦支度に大わらわとなっていた。勝頼からは、「檜良材五千本」を要求する矢のような催促はあったが、依然として後詰を送ってくる気配はなかった。

義昌は、一山隔てただけの下伊奈大嶋城《おおじまじょう》にいる武田逍遥軒信綱《たけだしょうようけんしんこう》（刑部少輔信廉《ぎょうぶしょうゆうのぶかど》）にも後詰を要請したが、「己の頭の蝿《はえ》は己の手で追い払われよ」という返事が返ってくる始末だった。さらに、高遠城《たかとおじょう》にいる仁科五郎盛信《ごろうもりのぶ》にも同様の要請を出したが、こちらもなしのつぶてだった。

武田一門はあてにならず、織田勢の侵攻を前にして、義昌は木曾谷を自力で守らねばならない羽目に陥った。

そんな折、檜の伐り出しを催促すべく上松に遣わした使者が戻り、「義豊出奔」を知らせてきた。

年末に喧嘩《けんか》別れし、その後も音信が途絶えたままだったとはいえ、まさか義豊が木曾谷を去るとは、義昌は思ってもみなかった。

――何ということだ。わしは蔵人にも見捨てられたか。

怒りに震える義昌の傍らで、千村家政が勝ち誇ったように言った。

「殿の弟君ゆえ、今までは口をつぐんでまいりましたが、元々、かの者は表裏者でござった。わしは以前より、かの者の真意を見抜いておりましたぞ」

「うるさい！」

「殿、すぐにでも上松に寄せ、上松の民を撫で斬りにいたしましょう。さすれば木曾谷は、心を一にして敵に当たれまする」

「あの――」

その時、上松まで行った使者が何か言いたげにしていることに、義昌は気づいた。

「何だ！」

「上松のことでございますが」

「上松がいかがいたした」

「はい、蔵人様の館はすでに灰となっており――」

「蔵人めは自焼《じやき》していったと申すか！」

「はい、その焼け跡に上松の中乗りらが待っており、それがしが殿の使いと知るや、三つの桐箱《きりばこ》と書状を託してまいりました」

「九郎からのものだな」

「はい」

「ここに運べ」

使者が合図すると、広縁に待機していた従者たちが、三つの桐箱を運んできた。

「これは何だ」

「さて、お詫びのしるしに、上松家重宝の天目でも残したのでございましょう」

使者が自信なげに答えた。

「確かに茶器のようだな。開けてみろ」

近習が小刀を使い、留めてあった木釘《きくぎ》を外すと、中から何かが転がり出た。

「おおっ！」

その場にいた誰しもが跳び下がった。

「こ、これは――」

おろおろと立ち上がった義昌は、倒れ込むようにその前に手をついた。

「弥江殿ではないか」

その白く美しい首を前にして、義昌は体を震わせた。

弥江の首は、うっすらと化粧が施され、生前と寸分変わらぬ美しさを保っていた。しかもその首は、血抜きがなされており、辛夷《こぶし》の実とともに入れられていたので、芳香さえも漂わせている。

続いて、第二、第三の桐箱が開けられた。それは宗十郎と彦四郎のものだった。

「ああ、わしは何ということをしてしまったのだ！」

義昌は身悶えつつも、義豊の書状を開いた。

兄上、さぞ驚かれたことでありましょう。

ご覧のように、家族は己の手で始末いたしました。家族もそれがしの気持ちを汲み、喜んで死出の旅路に発《た》つことを承知してくれました。

それがしには、こうするほか兄上を翻意させる手が思いつきませんでした。これで、兄上がこれから味わうであろう苦しみを、それがしが先に味わいました。

それがしを哀れにお思いなら、どうか木曾谷をお救い下され。

一切の始末がつくまで、それがしは遠山殿の許におります。が、木曾家を出奔したわけではありませぬ。それがしは、木曾谷を救うための証人として遠山家に身を預けるのです。

遠山殿には、いまだ兄上の決心がついていないという事実を告げまするが、遠山殿から織田家には、兄上が織田方に転ずることに合意したと偽りを申し、それがしが証人として遣わされたと告げていただきます。むろん、これは一時《いっとき》の方便にすぎず、早急に、兄上の内通の意を呈した誓詞《せいし》をお送りいただかなければなりませぬ。それがなくば、木曾谷に向けて織田勢の侵攻が始まります。偽りを申したそれがしも、遠山殿の手で斬られることになっております。

今となっては、一刻も早く冥土で待つ室と子らの許に参りたい一心ですが、それがし一個の命が木曾谷を救うことになるならば、それがしは生き恥を晒《さら》し続けるつもりでおります。どうか木曾谷のためにご翻意下され。木曾谷の生死は兄上の手中にあるのです。

「九郎……」

義昌は嗚咽《おえつ》しつつ、三つの首の前にひれ伏した。

「わしがおぬしらを殺したのだ。わしの心の醜さが弟の家族を殺したのだ！」

手の皮が破れるほど、義昌は板敷きを叩いた。

「殿、お待ちあれ。かような小手先の――」

それでも反論しようとする家政に、義昌が憎悪の籠った眼差しを向けた。

「おぬしにこれほどの覚悟があるのか。おぬしのような口舌の徒に、このようなことはできまい！」

「殿は、まさか武田家を離反するつもりではあるまいな」

開き直るかのように声を荒らげた家政にも、義昌はひるまなかった。

「わしは我執に囚《とら》われ、すんでのところで大切なものを見失うところであった。しかし、わしには分かった。何よりも大切なものは、この木曾谷とそこに住まう民であることが」

「お待ちあれ！　ここで返り忠などいたせば、殿は、ご先祖である朝日将軍源義仲公の武名を貶《おとし》めることになるのですぞ」

「そんなものが何になる。わしに大切なものは、この木曾谷とそこに住まう民なのだ」

「それでは、ご母堂様らが殺されてもよろしいのですな」

「ああ……」

苦痛に歪む義昌の顔を見た家政が、勝ち誇ったように言った。

「殿は、すべてをそれがしにお任せいただければよいのです。必ずや武田家は――」

「母上、千太郎、岩姫、すまぬ。愚かな父を許してくれ！」

すでに義昌の耳には、家政の声など届いていなかった。

「何を申されまするか！」

「わしは決めた。この木曾谷を守るため、織田方に転ずる」

「何ということを――」

「そなたも、わしの下知に従うか武田家を慕って退転するか、よくよく考えるがよい」

義昌の剣幕にたじろいだ家政は、慌てて下がっていった。

このすぐ後、家政は、真理姫輿《こし》備え（正室付き家老）の千村備前守（左京進《さきょうのしん》）を勝頼の許に遣わし、「木曾義昌謀反」の第一報を告げることになる。

七

美濃苗木城下《なえぎじょう》にある寺の小堂に籠った義豊は、誦経《ずきょう》の日々を送っていた。

できれば、すぐにでも出家得度したかったが、それをしてしまえば、人質としての価値を認められないことも考えられる。そのため俗体のまま小堂に籠り、一人、亡き妻子の菩《ぼ》提《だい》を弔っていた。

「失礼いたします」

誦経が一段落すると、背後から声がかかった。

「これは久兵衛殿」

「心静かに誦経されているところを邪魔立てしてしまい、申し訳ありませぬ」

義豊がただの人質となった今でも、友政の思いやりある態度は、以前と変わらない。

友政は義豊に一礼すると、仏前でひとしきり経を唱えた。

「かたじけない」

誦経が終わった友政は、仏前に飾られた三束の遺髪に見入った。

「美しい髪のお方だったのですね」

「黒檀《こくたん》のように黒く艶《あで》やかな髪を、いつも梳《す》いておりました」

義豊の口端に寂しげな笑みが浮かんだ。

「この三束の遺髪が木曾谷を救うことになるとは」

「い、今、何と申された！」

「蔵人様、たった今、伊予守様の誓詞血判状が届きました。これにより、蔵人様の申されたことが真となりました」

「ああ……」

──兄上、よくぞご決断なされた。

その場に突っ伏し、義豊が嗚咽した。

「蔵人様、これで木曾谷は救われました。後はわれらに任せ、ご家族と共に、ここでゆるりとお過ごし下され」

「は、はい」

仏前ににじり寄った義豊は懸命に経を唱えた。

──弥江、宗十郎、彦四郎、そなたらの死は無駄にならなかった。そして、兄上の御母堂様、千太郎様、岩姫様、皆様のお陰で木曾谷は救われました。

悲しみと喜びの波が交互に押し寄せる中で、義豊は、ようやく安堵の海に浸ることができた。

「それがしには戦支度がありますので、これにて失礼いたしまする」

ひとしきり共に経を唱えた後、友政が座を払った。

「久兵衛殿、木曾谷を頼みましたぞ」

「分かっております。織田の兵には、木曾の民と檜に一指も触れさせませぬ」

友政が颯爽《さっそう》と去っていった。義豊は、その後ろ姿に亡き宗十郎の面影を見た。

――生きておれば、かような若者になったであろうに。

友政が去り行く先には、雪を頂いた木曾の山々がそびえていた。山々は、いつになく優しげに下界を見下ろしているように感じられた。

――頼みまするぞ。

堂の扉に寄りかかりつつ、去り行く友政の背に幾度も呟《つぶや》いた義豊が、震える手で懐から取り出したのは、赤子の肌着だった。

使い古され、ところどころにつぎのあたる肌着を、義豊はしっかと胸に抱いた。

――あい見《まみ》えることのなかった子よ、そなたのことを忘れてはおらぬ。そなたも木曾谷を救った一人なのだ。

東の山の端から朝日が差してきた。その穏やかで暖かい日差しは、雪の積もった境内に咲く紅色《くれないいろ》の雪割草にも、分け隔てなく注がれていた。

常と変わらぬ木曾谷の春が、ゆっくりと近づいてきていた。

要らぬ駒

一

——こいつはまずいな。

思いもしなかった軍議の成り行きに、下條《しもじょう》兵部《ひょうぶ》少輔《しょうゆう》頼安《よりやす》は不安になった。

父の伊豆守《いずのかみ》信氏《のぶうじ》は、どうやら武田家への忠節を貫くつもりでいるらしいのだ。

天正十年（一五八二）二月一日、武田家有力国衆の一つ下條家では、一族の命運を決するであろう重大な軍議が催されていた。

この五日前の一月二十七日、韮崎新府城に木曾家家老の千村備前守（左京進）が走り入り、武田領国西端・木曾谷を押さえる木曾義昌の織田方への内通を注進した。

これをきっかけとして織田・徳川連合軍が、武田領国内に向けて本格的侵攻作戦を開始しようとしていることが発覚、その矢面に立つことになったのが、武田領国南西端を守る下條一族である。

——僻陬《へきすう》の地の国人《くにうど》にすぎない下條家が、天を衝《つ》くほどの勢威を誇る織田勢を防げるものなのか。しかし、還俗《げんぞく》して間もないわしが、それを申すわけにもまいらぬし。

今年二十七歳になる頼安は、少年の頃、京の大徳寺《だいとくじ》に入れられ、修行の日々を送っていた。しかし、織田家と武田家の関係が急速に悪化し、それを憂慮した父信氏により、半年ほど前に下條家に戻されていた。

「よって、われらは武田家への忠節を貫き、この地から先には、敵を一歩も通さぬつもりだ」

下條一族を率いる信氏の声が、銅鉦《どうしょう》のように吉岡城《よしおかじょう》内評定《ひょうじょう》の間《ま》に響きわたった。

並み居る重臣たちは周囲の様子をうかがうだけで、これといった反論をしない。

「して、いかな布陣で敵を防ぐおつもりか」

筆頭家老の下條九兵衛《きゅうべえ》氏長《うじなが》が、おずおずと問うた。

氏長は、五十四歳の信氏とは三歳違いの別腹弟である。二人はその相貌から体型まで、物の見事に対照的であった。

信氏は筋肉質の大兵であり、「長柄を取らせては伊奈で並ぶ者なし」と謳われるほどの膂力《りょりょく》の持ち主である。その面構えもいかにも武士らしく、黒々とした顎鬚《あごひげ》が顔中を覆い、一筆書きしたような二つの眉の下にある巨眼は、常に爛々《らんらん》と輝いていた。

一方の氏長は、平百姓の翁《おきな》のような日向《ひなた》くさい顔に、細筆で申し訳程度に書いたような目を、いつもしばたたかせていた。しかも、小太りで小柄な体軀そのままに、小心で心配性の上、合戦では留守居役を命じられることが多く、戦場《いくさば》の功名などには縁遠い存在だった。

全く対照的な二人だが、兄の信氏は、庶弟の氏長に全幅の信頼を置いていた。

氏長の憂慮を吹き飛ばすがごとく、信氏が自信をもって答えた。

「わしは平谷口《ひらやぐち》まで出張り、滝之沢城《たきのさわじょう》に拠る。九兵衛は吉岡城に残り、売木口《うるぎぐち》を見張れ」

「兵を分かつのでございますか」

「うむ。われら下條一族一千五百の兵を分かち、ここ吉岡城と滝之沢城で敵を邀撃《ようげき》する」

平谷口は、とつばせの関とも呼ばれ、信濃国と美濃、三河両国を隔てる関の役割を果たしていた。

ちなみにとつばせとは、両岸がせり出すように近づき、急速に川幅が狭まる漏斗状地形を指す方言である。

むろんこうした地形は、守るにやすく攻めるに難《かた》い。しかもこの地は南西方面の眺望が開け、美濃・三河両方面からの敵勢の動きが、手に取るように分かるという利点があった。

あえて国境の根羽村ではなく、領国の内側にかなり入ったこの地に関と防衛拠点を設けたのは、信氏とその主であった武田信玄の選地眼の確かさを物語っていた。

このとつばせの関を守る目的で築かれたのが滝之沢城である。この城は恒常的に使用されているわけではなく、有事の際に利用される境目（国境）の関城である。

一方、売木口とは、三河国と信濃国を結ぶ間道を指す。織田領国からは迂回路《うかいろ》になるため、こちらから敵勢がやってくる可能性は低いが、もしもの場合に備えて軍勢を分かつ必要があった。

「腕が鳴りますな」

信氏嫡男の兵庫介信正《ひょうごのすけのぶまさ》が勢い込むように膝を進めた。信正は、頼安の二つ違いの兄である。戦場における勇猛果敢な戦いぶりから、信正の勇名は隣国にまで轟いていたが、表裏のない明るい性格でもあり、誰からも好かれていた。

気魄《きはく》溢れる信正の様子と裏腹に、氏長は不安をあらわにした。

「しかし敵は万余の大軍。鉄砲の数も尋常でないと聞きます」

「そのようだな。だがすでに御屋形様に後詰は頼んだ。御屋形様からは、敵主力の攻め口が分かり次第、松尾小笠原《まつおおがさわら》勢を送るとのことだ」

「裏を返せば、敵の攻め口が分かるまでは、後詰は来ぬということですな」

「そうだ」

「当たり前だ」と言わんばかりに、信氏が大きく首肯した。

「とは申しても、われらとは長く宿怨の間柄にある松尾衆が、素直に参りましょうか」

武田領国南西端の下條家と領国を接する松尾小笠原家は、国境の問題などで下條家と長らく不和の関係にあった。

「われらが滅べば、次は、彼奴《きやつ》らが矢面に立つことになる。それを掃部（小笠原信嶺《のぶみね》）めが分かっておれば、押っ取り刀で駆けつけるはずだ」

「しかし掃部は名にし負う表裏者。すでに敵と通じておるという雑説も聞こえてきます」

氏長が眉間に皺を寄せた。

「掃部の正室は、大嶋城における武田逍遥軒殿の娘だ。われらと同じ武田家親類衆の掃部が、おいそれと寝返るはずがあるまい」

――父上の考えは甘いのではないか。

頼安は即座にそう思った。すでに、信玄三女の真理姫を正室に迎えている木曾義昌が、先頭を切って寝返っているのである。

「それでは、先に仕掛けませぬのか」

侍大将の糟谷与五右衛門《かすやよごえもん》が膝を進めた。与五右衛門は、長く下條家の武辺を支えてきた壮年の武将である。戦場焼けしたその頰からは、黒々とした美髯《びぜん》が誇らしげに垂れていた。

「われらが滝之沢城に拠り、敵を凌《しの》いでいる間に、掃部の後詰が到着するだろう。われらが仕掛けるのは、その時だ」

「後詰が来なかった折は――」

「枕を並べて討ち死にするだけだ」

信氏はそれだけ言うと、あっさりと座を払った。重臣たちは、傍らの者と声高に情勢を論じ合いながら、それぞれ帰り支度を始めた。

下條家は、武田家から境目防衛を任された国衆の一つである。その重要性を知る信玄は、領国西端を守る木曾義昌に娘を嫁がせたのと同様に、下條信氏に妹を嫁がせ、親類衆として遇してきた。

信氏もその期待によく応え、武田家の下伊奈戦線をよく支えた。信玄の足助城《あすけじょう》攻略戦、秋山虎繁《あきやまとらしげ》の岩村城《いわむらじょう》攻略戦、勝頼の高天神城攻略戦において、下條勢は目覚しい活躍を示し、その勝利に貢献した。

十四代百九十年の間、信濃国南端の地に根を下ろし、在地国人化してきたとはいえ、武田家とも縁の深い下條一族が、おいそれと敵方に転じるはずがなかった。

――父上には、いかなる勝算があるというのか。

この時になって、頼安は発言を控えたことを悔いた。しかし、たとえ発言したとしても、僧侶上がりの頼安の意見が、信氏に受け入れられるはずもない。

皆がどう思っているのか探ろうと、頼安が周囲を見回すと、苦虫を嚙みつぶしたような顔をした氏長が、嫡男の次郎九郎氏時と語り合っている姿が目に留まった。

――父上に唯一、意見できるのは叔父上だけだ。しかしこの場で、あれ以上、異論を唱えてもせんなきことを知っている。

頼安はため息をついた。

下條家では、長らく評定などあってなきがごときものだった。信氏は自らの考えを一方的に伝えるだけで、決して皆の提案を採り上げはしなかった。

――このままでは、われらは滅び、家臣や領民は路頭に迷うことになる。

意を決したように立ち上がった頼安は、誰にも気づかれないよう、そっと評定の間を抜け出し、信氏の後を追った。

「父上」

広縁から障子越しに声をかけると、筆を擱《お》く音がした。

「兵部か、入れ」

おずおずと襖を開けた頼安は、信氏の居室である書見の間に身を入れた。

文机を脇に寄せた信氏は、背筋を伸ばして頼安を迎えた。息子に対しても礼を欠かないのが、この父のよさである。しかし、それがかえって頼安を気後れさせた。

「父上、それがしが寺社筋から入手した雑説によると――」

信氏と視線を合わすことを避けつつ、頼安は唐突に切り出した。

「おぬしの申したいことは分かっておる」

続く言葉を遮られた頼安は、とたんに萎縮した。

「兵部よ、義という言葉を知っておろう」

「はっ」

「人は義を貫きたくとも、そうした場に出合えることはめったにない。これからわれらは存亡の危機を迎えることになるが、それは、われらが義を貫けるか否かを試される場でもあるのだ」

「しかし父上――」

「武士は、義を貫けるかどうかだけが拠り所だ。義を捨てて安寧を求める時、武士は武士でなくなるのだ」

恬《てん》として言い切る信氏の面には、一分の迷いもなかった。

――父は頑迷《がんめい》固陋《ころう》だ。何を申しても聞き入れはすまい。しかし下條家にとっても、その領民にとっても、ここが切所（勝負所）だ。

頼安は、勇を鼓して再び口を開いた。

「しかし父上、昨今の織田家の勢威は四海を覆うほど。われらだけで抗することなど到底、叶いませぬ。このままでは、われらは敵に揉《も》みつぶされ、一族そろって野辺に屍《しかばね》を晒すことになりましょう。美濃表（岩村城）、遠州表（高天神城）の例《ためし》を引くまでもなく、武田家は、われらのような僻陬《へきすう》の地を守る国人《くにうど》に冷淡。それゆえ木曾殿は寝返ったのではございませぬか」

「それは分かっておる」

意外にも、信氏は笑みを浮かべていた。

「兵部よ、考えてもみよ。伊予（木曾義昌）のように返り忠することで何が残る。そこには悪名しか残らぬ。伊予は朝日将軍源義仲公の名を汚し、不忠の家として、木曾家の名を永劫に刻ませたのだ。わしは伊予とは違う。たとえ武田家の捨石となり、野辺に屍を晒しても、わしは由緒ある下條家の武名を守るつもりだ」

「しかし族滅してしまえば、何も残らぬではありませぬか」

族滅とは、一族すべてが死に絶え、血筋が一滴も残らないことをいう。

「それでも武名は残る。それこそが武士の本望というものだ。尤も、長らく僧だったおぬしには分からぬかもしれぬが」

何かに酔っているかのごとく、信氏は中空を見つめていた。

――やはり無駄であったか。

唇を嚙んで続く言葉をのみ込んだ頼安は、父の前を辞そうとした。

「待て」

「まだ何か」

襖に手を掛けた頼安が振り向くと、信氏の鋭い視線とぶつかった。

「おぬしは明日にも馬を飛ばし、松尾城に向かえ。そして掃部の尻を叩き、後詰を申し開かせろ」

「それほどの困難な用件、それがしのような者には――」

「できるはずがない」と言いかけて、頼安は口をつぐんだ。信氏は、いったん出した命を翻したことはないからである。

「松尾には、原、深見、平谷、浪合ら下伊奈地侍衆が詰めておる。知っての通り、かの者らはわが寄子だ。昨年末、掃部に請われて松尾城の急普請の手伝いに送ったまま、普請が終わっても、掃部めが返さぬのだ。せめて、かの者らだけでも後詰に寄越《よこ》せと伝えよ」

「と申しましても、いかように――」

「松尾には惣三郎《そうざぶろう》がおろう。惣三郎の知恵を借りろ」

惣三郎とは、人質として松尾城に預けられている氏長の次男氏茂のことである。

信氏は、下條一族随一と謳われた惣三郎氏茂の知恵とその伝手《つて》を頼り、一兵でも多くの兵を取り戻そうとしているのだ。

「分かりました」

首尾よく使命を果たせるか否かは見当もつかなかったが、頼安に、その命を拒否することなどできない。

信氏の前を辞した頼安が広縁に出ると、薄暮の中、すでに月が出ていた。その青白い光は、吉岡城の眼下に広がる陽皐《ひさわ》の野を穏やかに照らしていた。

――この沃野を荒野《あれの》になどさせてたまるか。

故郷を長く離れていたからこそ、頼安は、その平穏で静謐《せいひつ》な風景を守らねばならぬと思った。

二

軍議のあった翌日、頼安は馬を飛ばして三州街道を北上した。

「下條兵部、火急の用で参った！」

松尾城の大手門前で名乗りを上げたものの、番役の姿は見えず、致し方なく頼安は、大きく開いている大手門から城内に入った。

城内は武士や足軽小者が忙しげに行き交い、蜂の巣をつついたような騒ぎになっていた。

——落ち着きのないことだ。

松尾城より最前線に位置する吉岡城が、平時と何ら変わらぬ平穏を保っているというのに、松尾城は慌ただしい雰囲気に包まれていた。まさにそれは、父信氏と小笠原信嶺の将器の差を表しているかのようである。

二曲輪に入ろうとすると、百足《むかで》の旗指物を翻した騎馬武者数騎が、土煙を蹴立てて出て行く姿に出くわした。彼らの横顔は、すでに戦が始まっているかのごとく強張《こわば》っていた。

——百足衆が、ここまで出張っておるとはな。

戦時の伝令として使われる百足衆が、すでに伊奈谷を行き来しているということは、武田家が極度の緊張に包まれていることを物語っていた。

——さては武田家の落ち着きのなさが、小笠原家に及んでおるのやも知れぬ。

頼安には、かつて飽きるほど聞かされてきた信玄在世の頃の武田家の強さが、偽りのように思えてきた。

「新五郎」

馬を預けて二曲輪に入ると、頼安の幼名を呼びつつ走り寄る影がある。

「惣三郎ではないか」

両手を広げて駆け寄ってきたその男こそ、証人（人質）として小笠原家に出仕している叔父氏長の次男・惣三郎氏茂であった。

氏茂は頼安と同年齢の上、同じ次男ということもあり、幼少の頃から肝胆《かんたん》あい照らす仲であった。共に武芸を習い、共に馬を駆けさせた二人は、頼安が僧になるべく京に赴くまで、少年時代を寄り添うように過ごしてきた。

「新五郎、会いたかったぞ」

「わしもだ」

「息災のようだな」

「おぬしこそ、随分と逞《たくま》しゅうなったな。それにしても何年ぶりだ」

「祖父《じい》様の十三回忌で戻って以来だから、かれこれ九年ぶりだ」

しばし再会を喜び合った後、頼安が信氏から託された使命を語ると、それを聞いた氏茂の顔は、とたんに曇っていった。

「掃部様は、いかにこの城を守るかで、終日、頭を抱えておいでだ。後詰を送るなど、考えてもおるまい」

「そこを何とかせねばならぬ。少なくとも、地侍衆だけでも返してもらわねばならぬ」

「ということは、叔父上は断固として戦うつもりなのだな」

「うむ、天地が裂けても、武田家に忠節を尽くすつもりだ」

「そうか」

しばし思案に沈んだ末、氏茂は言った。

「そうともなれば、何としても掃部様に後詰させねばならぬな」

「うむ、さもないと下條家は族滅する」

「分かった。やってみよう」

二人は足早に本曲輪主殿に向かった。

半刻ほど待たされた後、小笠原掃部大夫信嶺がもったいをつけたように現れた。

「わしは多忙ゆえ、来訪の折は、先に飛札《ひさつ》を寄越すよう申し付けたはずだ」

いかにも迷惑そうに信嶺が座に着いた。

信濃守護小笠原家の一門として、下伊奈国衆の頂点に立つ信嶺の誇り高さはひとかたでなく、常に在地の国衆や土豪たちを見下し、主従の礼を取らせていた。しかし、その小柄な体軀と酷薄そうな顔つきには、名家の威厳など微塵《みじん》も感じられなかった。

「危急の折ゆえ、ご無礼の段、平にご容赦下され」

長身痩軀《そうく》の頼安が身を畳むように平伏した。

「掃部様、ここにおる下條兵部少輔頼安は、京の大徳寺にて僧になるべく修行を積んでまいりましたが、元は下條家当主・伊豆守信氏様の次男にして――」

「知っておる」

氏茂の言葉を信嶺が遮った。

「して、用向きは何だ」

「はっ、美濃の寺社筋から、敵がいよいよ攻め入るとの一報が入りました」

「やはり、敵主力は平谷口から参るのだな」

「おそらく」

信嶺が舌打ちした。

「それで、おぬしらはどうする」

「われら下條一族は吉岡城と滝之沢城に拠り、敵を防ぐ所存。しかし、われらだけで二つの城を守るには不安があります。よって、後詰をお願いいたしたく」

「後詰だと。われらは、この城を守るよう御屋形様から申し付けられておる。それを今更、おぬしらのために兵を割くわけにはまいらぬ」

「それでは、われらは族滅覚悟で戦いますので、その旨、御屋形様にお伝え下され」

「いや待て」

信嶺の面に逡巡《しゅんじゅん》の色が走った。下手に下條一族を見殺しにすれば、武田家中における信嶺の信用は失墜し、もしも武田方が織田・徳川連合軍を弾《はじ》き返《かえ》した場合、勝頼から懲罰を受けるのは必定である。勝頼の厳しさは信玄在世の頃の比ではなく、場合によっては、改易や死罪も覚悟せねばならない。

現に武田家は、下伊奈国衆の大嶋氏から大嶋城を、坂西氏《ばんざいし》から飯田城《いいだじょう》を接収し、巨費を投じて大規模な修築を施し、直轄拠点としていた。この二城こそ、武田家が信嶺の首に突きつけた匕首でもあった。

「わしが後詰を送れば、敵を防ぎきれると申すのだな」

いまいましそうに問う信嶺に対し、険しい顔をして頼安が応じた。

「それは、敵の覚悟と兵力次第でございましょう」

――武士をやっていて、それくらいのことも分からぬか。

己のことを棚に上げ、頼安は、合戦らしい合戦に出たことがないという信嶺を蔑んだ。

「それで、伊豆（信氏）は何と申しておる」

「後詰をいただければ、相当の戦をしてみせると申しております」

「下條一族だけで、どれほどの兵がおる」

「雑兵も加えて、ようやく一千五百くらいかと」

「そうか」

そう言ったきり信嶺は口をつぐんだ。少なくとも、その才槌頭《さいづちあたま》をめまぐるしく回転させていることだけは確かである。

「そういえば」

唐突に信嶺が問うてきた。

「おぬしは京の寺社筋に強い伝手《つて》があったな。織田方は、何千ほどの兵をこちらに振り向けてくるか聞いておるか」

「雑説によると、千の単位ではありませぬ」

「何だ、数百か」

「いえ、数万でござる」

「えっ」

信嶺の顔色が変わった。

——元来が臆病な掃部だ。これは何とかなるやも知れぬ。

頼安が淡い希望を抱いた時、横合いから氏茂が口を挟んだ。

「掃部様、後詰を出す出さぬは、当家にとっても重大な儀。家中で談義の上、お決めになればよろしいかと」

「おい、惣三郎」

驚く頼安の耳元に氏茂が呟いた。

「いいから、わしに任せろ」

信嶺は「そうだな、それがよい」と言い残し、座を払おうとした。

「お待ち下され。敵は間近まで迫っており、一刻の猶予もありませぬ」

「分かっておる！」

信嶺はそう言い捨てると、奥に消えていった。

「新五郎」

茫然《ぼうぜん》とする頼安に氏茂が声をかけてきた。

「わしは掃部様と語らってくる」

「そうか、そのつもりだったのだな」

「うむ、掃部様はわしの話なら聞く」

そう言い残し、氏茂も奥に消えた。

しかし、半刻ほども待たされてから現れた氏茂の顔は曇っていた。

「やはり駄目だったか」

「うむ、脅したりすかしたりしつつ掃部様に申し聞かせてみたが、掃部様は小心だ。重い腰を上げようとはせぬ。『せめて地侍衆だけでも返してくれ』と懇願したが、それも無駄であった」

「そうか」

がっくりと肩を落とす頼安に、氏茂が遠慮気味に問うた。

「新五郎、万余の敵勢に対し、下條家は、いかに戦うつもりでおるのか」

「父上には策があるようだが、詳しいことまで、わしは知らされておらぬ」

「いかに堅城に拠り、いかに奇抜な策があろうと、敵の兵力次第では、蟷螂《とうろう》の斧《おの》にすぎぬということもある」

氏茂が顔をしかめた。

それを見た頼安は、氏茂も同じ思いを抱いていると確信した。

「惣三郎、実はな、此度の敵を弾き返すのは容易でないと、わしは踏んでおる」

「それはわしも同じだ」

考えの一致した二人は、それぞれの知るところを語り合い、武田家が絶望的な状況下にあることを確認した。

「新五郎、それではいかがいたす」

「わしは敵に降伏すべきと思うておる。城を開ければ領民は救われ、田畑も焼かれずに済む。われらも赦免されるやもしれぬ」

「うむ。御屋形様は領国の果てのこの地まで、後詰するつもりはなさそうだしな」

「いかにも高天神の様を見れば、それは明らかだ」

「高天神の者どもは雪隠詰《せっちん》めにされ、どうにもならなくなって討って出て、撫で斬りに遭ったというからな。われらも、その二の舞となるやもしれぬ」

かつて勝頼は、遠州高天神城に籠る駿河《するが》や遠江の国衆たちを見殺しにし、その信望を著しく失墜させていた。

「しかし、叔父上をいかに説く」

「それが難題だ」

しばし考えに沈んだ後、氏茂が膝を叩いた。

「そうだ。まずは、わが父をこちらに引き込み、わが父から叔父上に説いていただくというのはどうだ」

「とは申しても、この期に及んで、父上が叔父上の話に耳を傾けるか」

「少なくとも、おぬしが直《じか》に説くよりはましだろう」

――それもそうだ。

頼安は、それしか手が残っていないことを覚った。

「分かった。何とかやってみよう」

「それがいい」

氏茂の面に笑みが浮かんだ。

「わしは掃部様に後詰いただけるよう、粘り強く説いてみるつもりだ」

降伏することに信氏が合意しても、信長が、それを認めるかどうかは分からない。その時のためにも、後詰勢派遣を信嶺に認めさせる必要がある。

「そうか、やってくれるか」

「ここであきらめては、下條家が滅ぶ」

「おぬしだけが頼りだ」

氏茂の手を取らんばかりに礼を言った頼安は、座を払い、厩《うまや》に向かおうとした。

「待て、もう日が落ちるぞ。今夜は泊まっていけ」

「いや先を急ぐ」

「夜道は馬も嫌がる。大戦《おおいくさ》を前に落馬でもしたら面目は丸つぶれだぞ」

確かに氏茂の言う通りだった。しかも頼安は、乗馬が不得手である。

「そうさせてもらうか」

「ここでしばし待て。わしは膳の手配をしてくる。久方ぶりに将棋でも指しながら、父上をいかに説くか考えよう」

「わしに任せろ」と言わんばかりの笑みを浮かべ、氏茂は奥に消えた。

一方、逸《はや》る心を抑えつつ、頼安は様々に考えをめぐらせた。

夜明けとともに松尾城を出た頼安は、馬を飛ばして三州街道を南下した。

吉岡城には、叔父の氏長が老兵と共に居残っていた。父と兄は精兵を連れ、すでに吉岡城の南西三里にある平谷口に向かったという。

本曲輪に設《しつら》えられた本陣で、ようやく氏長と二人きりになれた頼安は、ゆっくりと切り出した。

「どうやら掃部には、後詰する気など全くありませぬ」

「やはり、そうでしたか」

「織田の兵が来たれば、掃部は戦わずして城を開けるやも知れませぬ」

山塊を隔てた西隣りの木曾家が敵方となった今、松尾・飯田両城も、清内路口という木曾谷との連絡路から侵攻される可能性が高まっていた。もしも、松尾・飯田両城が先に落ちるか降伏すれば、下條一族だけが敵中に孤立することになる。

「叔父上、すでに掃部が、敵と通じておるということも考えられます。さすれば、われらは前後に敵を持つことになります。そうともなれば、この地を守り抜くどころか一族存亡の危機」

「仰せの通りですな」

落ち着かない視線をさまよわせつつ、氏長が首肯した。

——これは行けるやもしれぬ。

頼安は、思い切って踏み込んでみることにした。

「ここは、われらも敵に頭を垂れるべきとは思いませぬか」

「えっ」

「叔父上、父は義のために滅んでもよいと申しております。死ぬのは父の勝手ですが、われらの家の郎党や領民はいかがいたしまするか。武田家の手伝い戦に駆り出され、多くの犠牲を強いられてきたわれらの民を、これ以上、苦しませるわけにはまいりませぬ」

頼安は盾机を叩いて力説した。

父信氏と異なり、この叔父を前にすると頼安の弁舌は冴《さ》えた。

「とは、申されても——」

「長篠の惨敗以来、武田家の衰勢は覆い難いものがあります。しかも、高天神を見捨てたことで遠州は失陥、駿河国衆たちの離反も必定。かくなる上は、われらも織田方に与《くみ》し、領国を安堵してもらうほか手はありませぬ」

「いや、しかし——」

「しかも甲州勢の後詰はありませぬ。たとえあっても松尾衆では、どこまで本気で戦うか見当もつきませぬ」

垂れた瞼《まぶた》の奥に隠された目を丸くして頼安の話を聞いていた氏長は、大きく深呼吸すると、首を横に振りつつ口を開いた。

「それは心得違いと申すもの」

「何と」

同意してくれるとばかり思っていた叔父の意外な反応に、頼安は面食らった。

「まずはお聞き下され」

氏長は威儀を正すと、常にない険しい顔つきで説き始めた。

「わが下條家は、武田家とは縁浅からぬ間柄。ご存じの通り、兄上は信玄公の妹御まで頂き、ひとかたならぬ御恩を受けてまいりました。その武田家を裏切るなど言語道断。武士の道に反しまする」

「しかしわれらは、これまで武田家に尽くしに尽くしてきたではありませぬか。岩村や高天神で、われらがどれほどの配下を失ったか、お忘れになったわけではありますまい」

「だからこそ、その死を無駄にせぬためにも、戦い抜かねばならぬのです。ここで義の道を踏み外せば、今まで貫いてきた義もすべて水泡に帰し、死んでいった者たちも報われませぬ」

「しかし敵は万余の大軍。しかも掃部は表裏定まらず。武田家は甲斐本国を守るのに汲々としておる始末。いかにして、この苦境を乗り越えると仰せか」

「すでに御屋形様は、茅野《ちの》の上原城まで出張られておるとのこと。われらが粘り強く戦えば、必ずや後詰が送られてきましょう」

「しかし――」

「飯田城には、保科《ほしな》、坂西ら二千、大嶋城には、逍遥軒様ら四千の精兵が籠っております。返り忠などいたせば、逆に掃部が逍遥軒様に揉みつぶされましょう」

松尾城より数里北方の三州街道沿いに並ぶ飯田城と大嶋城には、合わせて六千余の軍勢が配備されていた。

「叔父上、いかに伊奈谷に配された兵力が十分でも、それらの城からの後詰派遣は望み薄。しかも織田勢のみならず、徳川勢や北条勢も、同時に武田領に仕寄るという雑説まであります。となれば武田家は、それぞれの国境に後詰を送らねばなりませぬ」

「いやいや、それは雑説にすぎませぬ。たとえ真説であっても、それぞれが託された使命を全うすれば、何ほどのこともありませぬ」

「しかし――」

さらに説得を試みようとした頼安であったが、氏長の垂れた瞼の奥に光る瞳が、「おぬしのような坊主に何が分かる」と語っているのを見て、説得をあきらめた。

「叔父上のお気持ちは、よく分かりました」

ため息をつきつつ頼安は視線を外した。

「ようやくお分かりいただけましたか。兵部殿、必ずやわれらは、この苦境を乗り越えまするぞ」

意気消沈して吉岡城を出た頼安は、馬首を滝之沢城に向けた。

――叔父上は小心ゆえ、父上に逆らうことなどできぬのだ。そんなことは初めから分かっていたはずだ。しかし、あれだけ強く抗戦を主張するとは意外だ。何か今までの叔父上とは違う気がする。

そんなことをつらつらと思いつつ滝之沢城に到着した頼安は、信氏に松尾城での首尾を報告した。

信氏は「掃部は追い込まれるまで動かぬ男だ」と吐き捨てるように言うと、苦い笑みを浮かべた。

三

下條氏領国の中心伊賀良荘《いがらのしょう》は、信濃国下伊奈の南辺にあり、阿知川《あちがわ》以南の天竜川《てんりゅうがわ》西岸に位置する。「下條は大江山にも似たりし、酒呑童子《しゅてんどうじ》は居るか居らざるか」という狂歌が生まれるほど草深い山国であったが、荘園《しょうえん》全盛の頃は、七野七原と称される沃野が広がる地味豊かな地でもあった。

鎌倉時代末期、信濃守護小笠原宗家《そうけ》の重臣として、その最南端の伊賀良荘の支配を任された下條氏は、次第に国人領主化を強めていく。しかし元弘《げんこう》の乱において、小笠原家とともに足利高氏方として参陣した際、京で一族そろって討たれ、四代で断絶する。それを惜しんだ小笠原家により、甲州武田家から養子を迎えて再興されるが、早世が相次ぎ、こちらも五代で断絶する。そこで文明二年（一四七〇）、深志小笠原家から養子を迎えて再々興を果たすという複雑な経緯を持っていた。

戦国期に入り、下條家は徐々に勢力を拡大し、天文年間、敵対する在地土豪の関氏を滅ぼしてからは、松尾小笠原家を上回る実力を蓄えるようになっていた。

天正年間に至り、下條領国は三万石、その直属兵力は騎乗三百、雑兵三千と称していたが、それは寄子の地侍衆を含めた全兵力であり、下條家だけの実質稼動兵力は、その半分ほどにすぎなかった。

その下條家の守る滝之沢城に、織田勢が迫っていた。

二月六日早朝、頼安が自らの役所（持ち場）でうつらうつらしていると、鼓膜が破れんばかりの筒音が轟《とどろ》いた。

慌てて身支度を調えた頼安が本曲輪の土塁際まで駆け寄ると、眼下では、すでに寄手と城方の間で筒合わせ（鉄砲戦）が始まっていた。寄手は、かなり上流から滝之沢城の眼下を流れる柳川《やなぎがわ》を渡り、朝靄《あさもや》を利用して城の直下まで迫っていた。

筒頭を並べて釣瓶《つるべ》撃ちする寄手に対し、城方も激しく応戦する。

静かな田園地帯は、たちまちにして轟音《ごうおん》渦巻く戦場と化した。

織田勢先手大将を務める団平八郎忠正《だんへいはちろうただまさ》は信長の小姓上がりで、実戦の指揮は、この戦いが初めてである。そのため功を焦り、正面から強襲を仕掛けてきた。

信氏の指示を仰ぐため、頼安が本陣に駆けつけた頃には、竹束や連盾を押し立てた寄手の先頭は、指呼の距離まで迫っていた。

寄手は遮蔽物の間から猛射を浴びせかけたかと思うと、その背後から無数の矢箭を射込《さしこ》んでくる。直射と曲射を駆使し、火力と投射兵器で圧倒、城方の自落を誘うという作戦だ。

城方も負けじと応戦するが、いかんせん兵力と火力に劣るため、その差は歴然である。

正面だけではなく頭上にも気を配らねばならぬため、前線の兵たちに動揺が広がり始めていた。敵の銃弾や矢に傷つき、後方に運ばれてくる兵も目立つようになってきた。

――このままでは押し切られてしまう。父上は何を考えておいでか。

やきもきしながら頼安が信氏を仰ぎ見た時である。その太い眉の下の瞳がぎょろりと動くと、低く落ち着いた声が聞こえた。

「黒の狼煙《のろし》を」

今か今かと下知を待っていた足軽たちが、湿らせた藁束《わらたば》に火を放つと、たちまち本陣内に黒い煙が立ち込めた。

頼安が手巾で口を覆う前に、柳川南岸の樹林の間から鉄砲の轟音が聞こえた。

栃木洞《とちぎぼら》、中河原《なかがわら》、大宮沢《おおみやざわ》に隠しておいた伏兵による猛射である。栃木洞、中河原、大宮沢とは、それぞれ比高十七間（約三十メートル）ほどの崖の名である。

側面から攻撃を受けた寄手の兵たちは、瞬く間に混乱に陥った。竹束や連盾《れんだて》をそちらに向けると、「得たり」とばかりに正面から銃撃を受ける。二方向からの同時攻撃に、寄手の陣形は北方に偏りつつあった。

「白の狼煙を」

続く信氏の下知により、湿らせた杉の葉の束に火がつけられた。瞬く間に白煙が上がり、杉特有の苦味のある臭いが漂うと、北側の樹林から先ほどにも勝る筒音が轟いた。

——関川、鉢小木《はちおぎ》、立沢《たてざわ》だ。

南の崖と相似形を成すように屹立《きつりつ》する北の崖からの斉射である。予想もしなかった方角から銃撃を受けた寄手の将兵たちが、ばたばたと斃《たお》れた。

信氏は、南北の崖のところどころを削平し、射撃兵用の勢隠しを築いていたのだ。しかも、樹木の生えるままにしていたので、下方からはただの崖にしか見えない。

三方から雨のような銃撃を受けた寄手は、唯一の逃げ道である西方に逃れようとした。

しかしそこには、柳川が横たわっている。

西から東に流れる柳川は、とつばせの関で流路を大きく南に変えるので、寄手が退却する場合、退路を塞がれる格好になる。寄手は、正面に滝之沢城、両側に崖、背後に柳川を抱え、立ち往生する羽目に陥った。

「茶の狼煙を」

続いて、山積みされた杉の皮の上に、乾燥させた狼の糞《くそ》が撒《ま》かれ、火がつけられた。たちまち茶色い煙が視界を塞いだ。

それを確かめた信氏が、ゆっくりと軍配を振り下ろした。

「惣懸り！」

「応！」

槍先をそろえた徒士隊が、本曲輪の土塁上から次々と飛び出していく。南北の崖からも、雄叫《おたけ》びを上げながら兵士が駆け下ってくるのが見える。

一方、うろたえた敵は、対岸に逃れようと川に飛び込むが、流れが速く、そのほとんどが流されていく。河畔でうろうろしている者は、追いすがる下條勢の槍に突き伏せられる。

やがて、対岸から織田方の鉄砲隊が援護射撃を始めるに及び、ようやく城方の引き鉦が打ち鳴らされた。対岸では、太縄を投げるなどして味方兵の収容に躍起となっている。一方、次々と引き上げてくる下條勢の顔は、歓喜に溢れていた。

緒戦での圧倒的勝利に、頼安は唖然とした。

滝之沢城は、東西十町余にわたって南北に急崖がそびえ、その扇の要を成す東側に段状の曲輪を築いた平城である。つまり本陣を軸に、その左右にいくつかの陣場を配した内懐の深い馬蹄形《ばていけい》の城であった。

信氏はこの地形を生かすべく、知らぬふりをして敵の渡河を許し、本陣前に敵を引き付けておいた上で、南に配置した鉄砲隊の射撃で敵を北に追い立て、さらに北から斉射を浴びせ、ひるんだところを三方から同時攻撃を仕掛けたのだ。

しかし、敵も同じ手は二度と食わない。柳川西岸から両岸の崖に向けて猛射を繰り返した寄手は、南北両崖上の下条勢の抵抗が弱まるのを見て、再び渡河を開始した。そこに下条勢の斉射が浴びせられる。

寄手の徒士は、己だけには弾が当たらないと信じているかのごとく、河原に横たわる味方の屍を乗り越え乗り越えして、果敢に攻め寄せてくる。実は、この城への一番乗りは甲州征伐の一番乗りを意味し、特別な名誉と多大な恩賞が約束されているからである。

しかし寄手がいかに勇猛でも、信氏の下に心を一にした城方の抵抗は凄《すさ》まじく、先手の団勢は次第に疲弊し、最初の曲輪に取り付く前に撤退していった。

これを見た城方からは、歓声と勝鬨《かちどき》が同時に湧き上がった。

代わって、二の先衆の毛利河内守長秀が仕寄ってきた。しかし信氏指揮の下、城方は一糸乱れぬ防戦を続け、毛利勢を寄せつけない。

夕刻も近づき、毛利勢に代わり、森武蔵守長可《もりむさしのかみながよし》勢が前線に出張ってきた。総大将の信忠がいまだ岐阜城にいるため、長可が先手衆の実質的な大将であるが、団忠正《だんただまさ》と同じ二十五歳という年齢から、血気盛んなことに変わりはない。

下伊奈の天地も裂けんばかりの筒音が轟き、怒濤《どとう》のような鯨波《げいは》とともに寄手が間断なく押し寄せてくる。しかし、森勢の苛烈なまでの猛攻に晒されながらも、下條勢は崩れなかった。本陣で岩のごとく動かず、次々と的確な指示を飛ばす信氏に、配下の将士が全幅の信頼を置いていたからである。

——これは防ぎきるやも知れぬ。

武田領国南西部の戦線を一手に支えてきた下條一族の強さを、頼安は今更ながら思い知った。僻地《へきち》の一国衆にすぎない下條一族だけで、これほどの戦ができるということは、仮にこの地を突破されたとしても、武田家旗本衆や甲州国人衆が、どれほどの抵抗を示すか、頼安は想像だにできなかった。

日が西の山の端に隠れ始める頃、さすがの寄手の猛攻にも陰りが見え始めた。攻勢限界点に達したのだ。それを感じ取った城方は、各曲輪を出てじわじわと前進を開始、寄手の追い落としに掛かった。

——ここで決戦を挑めば、確実に勝てる。

戦には潮目があると聞いていたが、これこそ、それに違いないと頼安は確信した。

——父上は、いかがいたすつもりか。

城方には、ここまで温存してきた決戦兵力がまだ残されていた。その投入時機を見極めるのが、信氏の最も重要な仕事である。

しかし信氏は、根が生えたように床机に腰を据え、微動だにせず瞑目《めいもく》していた。次々と走り込む物見や使番の報告にも、黙って首肯するだけである。

「父上、敵勢が対岸の陣を引き払い、西に引いていきます」

その時、兄の信正が前線から弾むように戻ってきた。

「敵が引いたと」

信氏が、その大きな目をひときわ大きく見開いた。

確かに、寄手の銃撃もひときわ激しくなってきた。

「あれは殿軍の引き鉄砲に相違なし」

「そうだな」

信氏の太い眉が生き物のように動いた。

「父上、浮勢（遊撃部隊）を出すは今が好機。敵の腰が引けている今を措《お》いて、敵を殲滅《せんめつ》する機会はありませぬ」

信正が必死の形相で信氏に詰め寄った。

「しばし待て。何か謀をめぐらしておるのやも知れぬ」

「しかし父上――」

その時、物見が飛び込んできた。

「治部坂峠に軍勢あり！」

治部坂峠とは、滝之沢城の北一里にある標高一千メートルを越す峠である。

「それは敵か味方か」

さすがの信氏の声も上ずった。

「後詰勢に相違なし！」

「旗は、旗は何だ！」

信正が物見の襟を摑んだ。

「梶《かじ》の葉！」

裏返った声で物見が答えた。

「わが家の旗ではないか。ということは九兵衛か」

信氏の声が震えた。

「はい、その背後には原、深見、平谷、浪合らを率いた三階菱《さんがいびし》の旗も――」

その場にくずおれた物見は、感激のあまり嗚咽を漏らした。

「父上、叔父上が掃部を引き連れてやってきたのです」

「そうだな。しかし、あの掃部がよくぞ参った」

信氏が感慨深げに天を見上げた。

「父上、今こそ浮勢を」

「よし、惣懸りだ」

本陣から高らかにほら貝が吹き鳴らされると、激しく鉦鼓《しょうこ》が打ち鳴らされた。

これまで鳴りを潜めていた虎の子の逆襲部隊が、喊声《かんせい》を上げて城を飛び出していく。

本陣の防衛に当たっていた旗本や馬廻らも、次々と逆襲部隊として編成され、出陣していった。南北の崖からも、次々と兵が飛び出してくるのが見える。

「二の先衆出陣！」

「筒衆は騎馬武者だけを狙え」

「長柄隊は槍先をそろえ、殿軍を担う敵兵を深瀬へ追い込め。さすれば、手を下さずとも勝手に死んでくれる」

信氏が次々と指示を飛ばす。その瞳は今にも炎を発するかと思われるほど輝いている。

その時、本陣に戸板に乗せられた武者が運び込まれてきた。

――まさか惣三郎か。

思わず駆け寄った頼安が、武者の半顔を覆った面頰を外すと、苦しげに喘《あえ》ぐ氏茂の顔が現れた。

「やはり惣三郎か、しっかりしろ！」

「新五郎か」

「そうだ、わしだ。いかがいたした」

息を切らしつつ氏茂が呟いた。

「城から兵を出してはいかん」

「どういうことだ。すでに全軍、出払ってしまったぞ」

信氏と信正も傍らに駆け寄ってきた。

「叔父上、あれはお味方ではありませぬ。あれは――」

息も絶え絶えに氏茂が言った。

「敵に寝返った畜生どもです」

その後の戦いは惨憺《さんたん》たるものになった。

城を出た下條勢が逃げる織田勢に追いすがり、散々に切り崩している隙に、空となった本陣の背後から、味方であるはずの軍勢が雪崩のように襲い掛かってきた。

滝之沢城の場合、背後の峠道が本曲輪より高所に位置するため、背後からの攻撃には対処法がない。信玄と信氏の頭には、味方の裏切りという要素は全く入っていなかったのだ。

これにより、瞬く間に総崩れを起こした下條勢は、根元から断ち切られるように壊滅した。反転した織田勢に逆襲包囲された浮勢も、柳川河畔まで押し込まれ、次々と川中に身を投じていった。

頼安も慣れない槍を取って戦ったが、兄の信正が鉄砲傷を負い、担ぎ込まれるに及び、もはや敗勢が挽回し難いことを覚った。

茫然とする父と手負いの兄を、北方の関川曲輪の背後から逃した頼安は、槍を取るまで回復した氏茂と共に本曲輪に取って返した。しかし、すでに敵は本陣内に溢れ、わずかに残る下條勢を殺戮《さつりく》している。櫓も仮陣屋もすべて猛火に包まれていた。

「もはやこれまでだ。惣三郎、われらも駆け入ろう」

「まだ戦は終わっておらぬ。そう死に急ぐことはなかろう」

「何を申す!」

そうは言ってみたものの、頼安とて死ぬのは嫌だ。確かに、飯田、大嶋、高遠と続く武田家の堅固な伊奈谷防衛線がこれで崩壊したわけではなく、挽回の機会はまだある。

「新五郎、ここはいったん身を隠し、捲土重来《けんどちょうらい》を期そう」

「いや、いまだ戦っている兵たちを見捨て、われらだけ逃げることなどできぬ」

「彼の者らは、われらを逃がすために戦っておる。将が死しては、兵も報われぬ」

「それはそうだが――」

「新五郎、無念だが潮時だ。ここは恥を忍んで生き延び、捲土重来《けんどちょうらい》を期そう」

「分かった」

信氏らの後を追うべく、二人は戦場を離脱した。

滝之沢城の北西にそびえる長者峰《ちょうじゃみね》の炭焼小屋で、信氏一行と落ち合った頼安と氏茂は、ようやく人心地ついた。平谷口から阿智郷にかけては、長者峰や横岳等の深山が続き、道を知る者でなければ、容易に立ち入ることができないからである。

その夜、囲炉裏を囲みながら聞いた氏茂の話は驚くべきものだった。

「滝之沢城に敵勢迫る」の報に接した信嶺は、「下條に馳走《ちそう》しよう」と言い出し、家中に出陣を命じた。勇躍した氏茂は地侍衆を率いて松尾城を先発した。ところが、吉岡城近くまで来てみると様子がおかしい。物見によると、すでに吉岡城には、敵の旗が翻っているという。吉岡城の留守を預かる氏長が、敵に内通したのだ。

来着した信嶺に、すぐにでも吉岡城に仕寄るよう進言した氏茂だったが、信嶺は酷薄そうな笑みを浮かべ、「すでにわれらは織田方に通じておる。九兵衛はわしの指示に従ったまでだ」と、うそぶいたという。信嶺の指示により、氏長は、売木口から侵入してきた河尻秀隆勢に城を明け渡したというのだ。

愕然としつつも、氏茂は必死に信嶺に翻心を促すが聞き入れられず、逆にその場で捕縛された。それを見た地侍衆も、草木が靡《なび》くがごとく信嶺に帰順した。

信嶺と氏長は、おのおの軍勢を率い、監視役の河尻勢を最後尾にして出陣していった。最後まで裏切りを是としなかった氏茂は、氏長の息子ということで一命を救われ、吉岡城内に幽閉された。

全軍が出払った後、留守居に残されていた懇意の者を説得し、氏茂は城を逃れ出た。しかし、三州街道には脇往還がなく、信嶺らを追い越すのは容易でない。面頰を付け、味方であった者たちに覚られぬようにしながら小笠原勢の先頭まで出た氏茂は、治部坂峠に至り、ようやく敵中を突破し、滝之沢城に入ったという。

「わが父兄の不忠、お詫びの言葉もありませぬ」

氏茂が信氏の前に手をついた。

「そうか、九兵衛は敵に通じていたのか」

そう言ったきり、信氏は口をつぐんだ。

領国と配下の大半を失っただけでなく、信頼篤い弟にまで裏切られた信氏は、がっくりと頭を垂れ、禿《は》げ上《あ》がった頭頂を恥ずかしげもなく晒している。

突然、下條家の前途が双肩にのし掛かってきたことを、頼安は覚った。

――わしがしっかりせねばならぬ。

頼安は自らを叱咤《しった》した。

「父上、かくなる上は飯田城に向かいましょう」

「ああ――」

信氏は茫然自失《ぼうぜんじしつ》の体で、何も答えようとしない。

氏茂が信氏に代わって言った。

「新五郎、掃部めが裏切ったからには、松尾だけでなく、鈴岡《すずおか》、松岡《まつおか》、座光寺《ざこうじ》、神之峰《かんのみね》などの周辺諸城は敵手に落ちたはずだ。飯田とて保科や坂西だけで支えられるものではない」

「それでは、逍遥軒様のいる大嶋城まで落ちよう」

「すでに敵の先手は三州街道を駆け上っている。街道を通らずに大嶋に着くことは至難の業だ。しかも、ほどなくして城介率いる織田勢主力もやってこよう。今、大嶋に向かえば、その中に飛び込むようなものだ」

「ではどうすればよいのだ！」

途方にくれる頼安であったが、氏茂は冷静さを保っていた。

「兵庫介（信正）様もこのような有様だ。混乱が収まるまで、山中に身を潜めるしかあるまい」

「とは申しても、この辺りの山では、すぐに追っ手が掛かる」

「それはそうだな」

しばし考えた後、氏茂が言った。

「作手《つくで》の黒瀬谷《くろせだに》はどうであろう。あの辺りなら山も深い上に徳川領だ。われらが徳川領に

「しかし、奥平《おくだいら》の手の者に知られれば、われらは終わりだ」

作手黒瀬谷は、長篠合戦の前に武田家を離反し、徳川家についた奥平信昌《のぶまさ》の所領である。徳川家に忠節を示さねばならない信昌が、見て見ぬふりをしてくれるとは思えない。

「いや、彼奴は家康と共に駿河から甲斐に向かっておるはず。此度の戦は長引くゆえ、当面は見つからぬ」

しばし考えた後、頼安は氏茂の考えに同意した。

父は茫然自失の体で、兄は生死の境をさまよっている。そんな頼安にとり、氏茂だけが頼りだった。

四

二月十四日、小笠原信嶺の松尾城を接収した織田勢は、翌日には、保科と坂西が逃げ散った後の飯田城に入った。

十六日、武田方の強い抵抗を覚悟しつつ大嶋城に迫った織田勢は、飯田城同様、大嶋城も無人となっていることを知り、呆気に取られた。

信じ難いことに、信玄弟の武田逍遥軒が城を捨てて逃げたのだ。これにより、二月中旬から下旬にかけて、片切《かたぎり》、飯嶋《いいじま》、赤須《あかす》、春日《かすが》、福与《ふくよ》、宮所《みやどころ》等の武田家の誇る上伊奈諸城も、将棋倒しのように自落していった。そして三月二日、武田家の信州最大の防衛拠点である高遠城が、壮絶な落城を遂げる。

新府城を退去した勝頼は十一日、甲斐国東部の田野で捕捉され、自刃して果てた。新羅三郎《しんらさぶろう》源《みなもとの》義光《よしみつ》以来、東国に武威を誇った甲斐源氏嫡流武田家は滅亡した。上は信長から下は農民まで、誰一人として想像し得ないほど呆気ない幕切れであった。

武田家が滅亡に向かってひた走っている頃、下條一族は三河国作手の黒瀬谷で息を潜めていた。下條家の女子供は、すべて松尾城に幽閉されているという雑説も聞こえてきたが、救いの手の差し伸べようもない。

ほかにすることもないので、頼安は父と兄の世話や看護に没頭した。その最中《さなか》に悲劇が起きた。

武田家滅亡の報が届いた三月二十二日、近習たちが目を離した隙に、信正が横になったまま腹に刃を突き立て自害した。いまだ三十一歳という若さだった。

信正の傷は快方に向かっており、常々、松尾城に幽閉されている七歳の嫡男牛千代丸《うしちよまる》を気遣っていただけに、突然の自害は不可解だった。

「武田家なき今、下條家の将来を悲観なされたのであろう」

氏茂の言葉に家臣たちは納得したが、頼安には、どうにも合点がいかなかった。信正の遺骸の枕頭《ちんとう》で、その死に顔を呆然と見下ろす父の背を眺めつつ、頼安は、一族に終焉が訪れようとしていることを覚った。

信正の死により、信氏はさらに気落ちし、口数もめっきり少なくなった。

食べ物も乏しくなり、山菜を採りに行かせた家臣や従者が里近くまで出没したため、山中に隠れる下條一族の存在が、近隣の村々にも知れ渡ってしまった。

そろそろこの地からも去らねばならないと思っていた矢先、里に様子を探りに行った氏茂が飛ぶように戻ってきた。

「信長が死んだ」

本能寺の変である。

全く予想もしていなかった事態に、頼安は二の句も継げなかったが、少なくとも黒雲の間から、一条の日が差してきたことだけは確かである。

頼安が、いかにすればこの機会を生かせるか頭をひねっていると、氏茂が意外なことを言い出した。

「新五郎、わしは掃部の許に赴く」

「何を申す。そんなことをすれば殺されるぞ」

「それでは、ほかに手立てがあるというのか。信長という後ろ盾を失った掃部は、不安になっておるはずだ。おぬしの寺社筋の伝手を使い、われらが徳川家に通じたと告げれば、掃部は腰を抜かすはずだ。われらが小笠原家を徳川家に取り成すのと引き換えに、その軍勢を借り、父と兄の首を獲《と》るという筋書きだ」

確かに信嶺は、寺社筋に顔の広い頼安に一目置いていた節があった。それをうまく使えば、信嶺を利用するのも、さして難しくはない。

「それならば――」

声のした方を振り向くと、囲炉裏端で転寝《うたたね》していたとばかり思っていた信氏が、いつになくしっかりとした目つきで二人を見つめていた。

「それならば、実際に通じればよい」

「いかにして」

「わしが家康の許に赴く」

予想もしなかったその言葉に、二人は目を丸くした。

「父上、長年にわたり血で血を洗う抗争を繰り広げてきたわれらを、家康が許すはずがありませぬ」

「新五郎」

信氏が、かつてと変わらぬ厳しい口調で言った。

「下條家を保てるかどうか、ここが切所だ。わしは殺されても構わぬ」

「しかし――」

「おぬしはここにいろ」

「叔父上、それは、よきご思案かもしれませぬ」

黙って二人のやりとりを聞いていた氏茂が、横合いから口を出した。

「惣三郎、何を申す」

「徳川家に実際に通じることができれば、これほど心強きことはない」

「とは申しても、そんなことが容易にできるはずあるまい」

信氏が二人を制するかのように言った。

「下條家のためにわしにできることは、もはやそれくらいしかない」

信氏が、意外にしっかりとした足取りで立ち上がった。

「出発は明日とする」

その頃、信長の仇を秀吉に取られたことで、方針を天下簒奪《さんだつ》から甲信併呑《へいどん》に転換した家康は、同じ野心を抱く北条家と対決すべく、駿府《すんぷ》方面に出陣していた。駿府から富士川沿いの河内路をさかのぼり、甲斐を目指すのだ。

それを知った信氏は翌朝、家康を追って駿府に向かった。

信氏一行を見送った後、氏茂も小笠原信嶺のいる松尾城目指して作手を後にした。

五

　黒瀬谷山中で吉報を待つ頼安の許に、信氏頓死の知らせが届いたのは、六月末であった。

　信氏に同行した糟谷与五右衛門によると、遠江国に入り、経路の安全を確かめるべく、信氏と小姓一名を残して与五右衛門らは先行した。しかし、いつになっても追いついてこない信氏らに痺《しび》れを切らして戻ってみると、別れた場所に、信氏と小姓の惨殺体があったというのだ。

　首は獲られておらず、着衣が剝がされ、刀槍《とうそう》類が盗まれていたことから、野盗か野伏に襲われたのではないかと、与五右衛門は推測した。

　与五右衛門の手から白髪の混じった髻をもらった頼安は、思わず嗚咽を漏らした。近寄り難い存在ではあったが、父ほど頼りがいのある男もいなかった。

　いずれにせよ、父と兄がすでにこの世にいないということは、下條家の将来は、頼安の双肩に懸かってきたことになる。

「お気をしっかりお持ち下され。下條家の再興は、新五郎様次第でございまするぞ」

　与五右衛門が厳しい口調で戒めた。

「分かっておる」

深く息を吸い、ゆっくりと吐き出すことを繰り返すうちに落ち着いてきた。

「しかし、一つだけ気がかりなことがあります」

与五右衛門が首をひねりつつ語り始めた。

「野盗はわれらを待ち伏せたのではなく、われらを長く追ってきたかのようなのです。こちらに戻る途中、われらの物ではない野陣の跡を何ヵ所かで見つけました。その焚火《たきび》の炭殻は温かく、さほど前の物ではありませんでした。しかも、同じ物がこのすぐ近くにもありました。野盗は、この近くから追ってきたとしか思えませぬ。それに気づかなんだのは迂闊《うかつ》でございました」

「そんなはずがあるまい。気のせいだ」

頼安にとり、父の死という事実だけが重くのしかかっており、野盗のことなど、もはやどうでもよかった。

七月に入り、いよいよ潜伏場所を変えねばならぬと思っていた矢先、松尾城から氏茂が戻ってきた。

「新五郎、喜べ。掃部が、われらと与することに同心いたしたぞ」

「それは真か!」

下條一族にとり、久方ぶりの朗報であった。

「われらの知らぬ間に、事態は急転回しておったわ」

氏茂から聞かされた話は驚くべきものだった。

吉岡城に入り下條家当主となった氏長父子は専横を極め、本能寺の変の後には、遂に独立の気配を示し、小笠原家の命に服さなくなったというのだ。

激怒した信嶺が攻め寄せると、逆に押し返され、飯田城まで攻め取られたという。

氏長は、信氏どころか信嶺さえも乗り越えようとしていた。長年にわたり愚鈍を装い、周囲を欺き続けた氏長は、その陰で爪を研いでいたのだ。

「それゆえ、わしは掃部に申した。掃部がおぬしを担げば、下條旧臣や寄子の地侍衆はわれらに靡くと」

「しかし、われらは一度、掃部に裏切られておるのだぞ」

一時の喜びが醒《さ》めると、信嶺に対する不信感が頭をもたげてきた。

「掃部は裏切ったことを悔いておる。おぬしに謝りたいとまで申しておる」

「しかし、人を信ずれば殺される。それが戦国の倣いというものではないか」

頼安は迷った。一度は裏切られた相手である。「また裏切られぬとも限らない」と思うのも、無理からぬことだった。

「掃部を信じるしか、われらに残された道はない。このままいけば、ここに奥平一族も戻ってくる。さすればわれらは、この草深い地で最期を迎えるしかない」

決断を迫る氏茂の瞳は懸命さに溢れていた。

——惣三郎の申す通りやも知れぬ。

しかし、信嶺の酷薄そうな顔を思い浮かべると、再び不安が頭をもたげてくる。

「掃部めは、もう裏切らぬであろうな」

「心配要らぬ。わしが請け合う」

「しかし——」

頼安には、下條家を滅亡の淵に追いやった信嶺が、どうしても信用できなかった。

「それでは、おぬしはこの地で朽ち果てるつもりか」

氏茂が、いつになく厳しい声音で迫った。

「——」

「掃部には、亡き父上や兄上の御簾中《ごれんちゅう》や御嫡男を質に取られておるのだぞ。掃部の気分を害してしまえば、明日の命さえ覚束ぬ」

「そうか、そうであったな」

——父や兄のためにも、牛千代丸を取り戻し、下條家を再興せねばならぬ。それがわしの使命ではなかったか。

「分かった」

頼安が首肯すると、氏茂が「よかった」と言わんばかりに安堵のため息を漏らした。

再び立ち込め始めた戦雲を危惧する百姓たちの落ち着かぬ様子を横目で眺めつつ、高野《こうや》聖《ひじり》や修験者に扮《ふん》した頼安一行は、いくつかの集団に分かれて三州街道を北上し、ひそかに松尾城に入った。

途中、氏長の設けた関をいくつか通過したが、家康と北条家の大戦が近いという雑説に、関の番役たちは浮き足立っており、さしたる調べもせずに頼安らを通した。

松尾城に着いた頼安らは歓待された。信嶺も陽気に振る舞い、頼安に酌をしては詫びた。しかも牛千代丸をはじめとした父と兄の家族を、信嶺は喜んで返してくれた。

徐々にではあるが、頼安も信嶺を信ずる気になってきた。何といっても、信嶺に表裏なきことは、刎頸《ふんけい》の友である氏茂が太鼓判を捺《お》しているのだ。

翌日、松尾城で軍議が催され、小笠原勢と下條家の遺臣たちは、頼安を総大将に仰ぎ、飯田城奪還に向かうことに決した。

数日後、四千近くに膨れ上がった頼安勢は、松尾城を出陣し、飯田城を取り囲んだ。ところが氏長は、防戦のそぶりさえ見せずに使者を遣わし、「何用か」と問うてきた。

不審に思った頼安が、使者に氏長の真意を質《ただ》そうとすると、横合いから氏茂が「父上にご覚悟を決めるよう伝えよ」と、厳しい声音で告げた。

これを聞いた使者は啞然とし、次に憤り、何ごとか反論しようとした。しかし、その言葉が口から発せられる前に、使者の首が飛んだ。氏茂が抜き打ちざまに斬ったのだ。驚く頼安を尻目に、氏茂が己の言葉を伝えるよう使者の従者に命じると、従者は、飛ぶようにして城に戻っていった。

寄手の攻撃が始まった。戸惑ったかのように防戦に努めた城方であったが、さしたる抵抗も示さず、次々と曲輪を放棄していった。

残敵を本曲輪まで追い込んだ時、城内から射込まれた矢文が頼安の許に届けられた。しかし頼安より早く、それを氏茂が取り上げた。

「降伏嘆願など、聞く耳は持たぬ」

封も切らずに氏茂が矢文を篝火《かがりび》にくべたので、むっとした頼安であったが、追い込まれた氏長の用向きはそれくらいしか思い当たらず、口をつぐんだ。

信嶺との間を取り持ち、実父である氏長を共に討つべく出張ってくれた氏茂に、頼安は、いつしか頭が上がらなくなっていた。

いよいよ本曲輪への攻撃が始まった。怒濤のように攻め寄せる寄手を前にして、すべてをあきらめたがごとく、氏長は城に火を放ち、自刃して果てた。

戦後の首実検の場で、氏長の焼け爛れた首を見せられても、氏茂は眉一つ動かさず、すぐに処分を命じた。

飯田城を屠《ほふ》った勢いで吉岡城まで攻め寄せた頼安勢は、氏長嫡男の次郎九郎氏時をも討ち取った。これにより、下條領国は惣領《そうりょう》家の手に戻った。

天正十年七月末、晴れて頼安は下條家当主の座に着いた。むろん将来的には、甥《おい》にあたる牛千代丸に家督を譲るつもりであった。

――坊主上がりのわしが、ここまでやり遂げたのだ。

天にいる父と兄にこの姿を見せたいと、頼安は心底から思った。

頼安の平穏な日々は、瞬く間に過ぎていった。

旧領を回復した後、寺社手筋を頼り、頼安は家康に臣下の礼を取ることにも成功した。浜松に伺候した頼安は抗争を繰り広げた過去を忘れたがごとく、家康から礼を尽くして歓待された。

小笠原家の家老となった氏茂も、頼安に仲立ちしてもらい、家康の許に赴いたので、小笠原家も徳川家の傘下入りを果たした。

下伊奈地方は、いち早く家康と結んだ下條頼安が六千貫（約一万五千石）、武田家に滅ぼされた後、家康の家臣として功のあった知久頼氏が三千貫、小笠原信嶺は二千貫という比率で国分けされた。

天正十一年（一五八三）末、氏茂の奔走により、頼安は小笠原家から正室を迎えることになった。しかも室は信嶺の実子であり、これにより両家の絆《きずな》は、いっそう強まると思われた。

翌天正十二年(一五八四)正月、婚儀が調った礼と年賀の挨拶を兼ねて、頼安は松尾城に赴くことになった。

実は、氏茂からは、ことあるごとに松尾城訪問を促されていたが、糟谷与五右衛門から「当主たる者、みだりに他家の城に赴いてはなりませぬ」と釘を刺されていたため、何のかのと言い訳し、訪城を先延ばししていたのである。

しかし今回ばかりは、断るわけにはいかなかった。

心配そうな与五右衛門を振り切り、頼安は少ない供を連れて松尾城に赴いた。

六

「飯田攻めの手際は見事でござった」

信嶺は、さかんに頼安の武略を褒めそやした。

「義父上、そのことは申されますな」

恥ずかしげに盃《はい》を傾ける頼安であったが、まんざらでもなかった。さかんにおだてられ、盃を重ねるうちに、頼安の気持ちも大きくなっていった。

やがて膳部が運ばれてきた。漆塗りも見事な猫脚の箱膳である。

その上に載る食材の数々も、鶴の吸い物、鯛《たい》の刺身、海松貝《みるがい》の膾《なます》など、贅《ぜい》を尽くしたものばかりである。

「お待ちあれ」

膳に手をつけようとした頼安を、同行した近習頭が制した。他家で食事を出された折の慣例として、同行した毒見役が先に料理に手をつけるのは当然のことであり、決して礼を欠くものではなかった。

それを思い出した頼安は恥ずかしげに箸を擱いたが、傍らに座す氏茂が冷やかした。

「新五郎も偉くなったものだな。毒見役がおるとは驚いた」

「いや、そういうわけではないが――」

「しかし、こうもあからさまでは義父上に失礼だぞ」

「それは分かっておる――」

「松尾小笠原家は、室町幕府の礼式指南を務めた小笠原家の一流だ。毒など盛るはずがあるまい」

三間ほど離れた主座では、酌を受けながら信嶺が、こちらの様子を、ちらちらとうかがっている。

――そうか、掃部は義父となるのだな。

横を見ると、氏茂が、さもうまそうに鶴の吸い物をすすっている。

──掃部がわしの毒殺を企図しているなら、惣三郎の膳にも毒を盛っておるはずだ。しかし惣三郎は、何の気遣いもなく飯を食らっている。側近となった惣三郎の目をごまかして、掃部が毒を盛ることなどできようはずもない。ということは、何の心配も要らぬ。

「下がっておれ」

今まさに料理に手をつけようとしていた毒見役に、頼安が言った。

「よろしいので」

毒見役が驚いて顔を上げた。

「心配無用だ」

毒見役を下がらせた頼安は、山海の珍味が盛られた膳に手をつけた。

小笠原家の料理はさすがに美味だった。酔いも手伝い、頼安は最高の気分だった。

──武田家が滅亡し、われらもそれに殉ずるはずであった。しかし、下條の武名を落とすことなく、わしは旧領を回復した。天の父上も、ご満足いただけたはずだ。

頼安は己を褒めてやりたい気分だった。

「さてと」

氏茂の指示により、瞬く間に膳部が運び去られた。

まだ鯛の刺身を半分も食していない頼安は不満だったが、氏茂が「これが小笠原流の礼式だ」と耳元で囁《ささや》いたので、黙って手巾で口元をぬぐった。

やがて信嶺が人払いしたため、両家の家士たちも下がっていった。祝宴の場には、頼安、信嶺、氏茂だけが残された。

三人でしばし歓談していると、腹の底から突き上げてくるような痛みと、身の置き所がないような悪寒に襲われた。

――よもや。

はっとして立ち上がろうとする頼安の背を、背後に回った氏茂が押さえた。

「新五郎、いかがいたした」

「気分がすぐれぬのだ。厠に行かせてくれ」

「それはどうかな」

背後から頼安の両肩を押さえた氏茂の力が、徐々に強まってきた。

「放せ！」

突き上げるような嘔吐《おうと》感と手足の痺れが、同時に襲ってきた。

「惣三郎、これはいかなることだ！」

その時、主座から信嶺が下りてきた。

「わが家の料理は、兵部殿のお口に合わぬようだな」

薄ら笑いを浮かべながら近づいてきた信嶺は、頼安の様子を楽しむかのように眼前にしゃがんだ。

「うう……」

身悶えしつつ、次の間に逃れようとした頼安だったが、足の痺れから立ち上がれず、その場をぐるぐると這い回るだけである。

「た、謀ったな、惣三郎！」

苦しみの海でのたうちながら、頼安は己の甘さを呪った。

「人を信ずれば殺される。それが戦国の倣いというものではなかったか」

「おのれ」

頼安は両刀を預けたことも忘れ、腰をまさぐった。その動作が可笑《おか》しく、氏茂と信嶺は声を上げて笑った。

「新五郎、おかげですべてはわしの筋書き通りに進んだ。おぬしは、わしの思惑通りに動いてくれた。礼を申す」

「何だと！」

「唯一の誤算は本能寺だった。しかしそれも、おぬしと掃部様を結び付けるよき契機となった」

「おぬしという男は――」

「わしは下條の家督と領国がほしかった。しかしその機会は、なかなかめぐってこなかった。もう駄目かと思うていたところに、信長の甲州征伐が始まった。しかも、下條一族が織田方に徹底抗戦するつもりだと、おぬしから聞き、わしは掃部様と談合し、織田方に与することに決した。しかし、下條嫡流を織田勢の手で滅ぼされては、下條領は手に入らぬ。そこで、切所で織田方を後詰し、われらの手で下條勢を滅ぼす必要があった。そこで、父と兄をそそのかし、味方につけたという筋書きだ。あの夜、おぬしが寝ている間に、わしは吉岡城に行き、渋る父を説いたのだ」

「そうであったか」

かつて氏茂が、「松尾城に泊まっていけ」と頼安を引き留めたことが思い出された。

「しかし、そのままでは父と兄の功とされてしまう。そこでわしは一計を案じ、いったんおぬしらを逃がした。分家筋の上、次男のわしでは、直臣や地侍衆を束ねることは叶わぬ。それゆえ、ほとぼりが冷めた頃、おぬしを松尾城に連れ戻し、父と兄討伐の旗頭に担いだという次第だ」

「わしだけでなく、九兵衛や次郎九郎も利用されたというのだな」

「そういうことだ」

「おのれの野心のために肉親までも利用するとは――。何と卑劣な男だ」

もがきながら氏茂の足元ににじり寄った頼安は、氏茂の足首を摑もうとした。しかし思うように体が動かず、逆に頭を蹴り上げられた。

「うっ」

仰向《あおむ》けになった頼安の顔の上には、笑みを浮かべた氏茂の白面があった。

「何をするにしても、人の力を借りねばのし上がれぬのが、われら次三男というものではないか」

氏茂と信嶺が声を上げて笑った。

「とすると、わしの父上と兄上を殺したのもおぬしだな」

「ああ、おぬしさえおれば、要らぬ駒だからな」

「何ということだ。爪を隠しておったのは、九兵衛でなく、おぬしだったのだな」

畳をかきむしる指先に、力が入らなくなってきた。

「武士の情けでとどめを刺してやりたいところだが、座敷が血で汚れるのを掃部様が嫌がるのでな、そのまま苦しめ。毒が回れば、そのうち死ねる」

氏茂の声も遠のき、足元からゆっくりと死の影が忍び寄ってきた。頼安は憎悪の感情を捨てて浄土に赴こうと思った。そうしないと浄土にたどり着けないと、修行時代に聞いたことがあったからである。喩《たと》えようのない苦しみと薄れる意識の下で、頼安は懸命に経を唱えた。

「息を引き取りました」

頼安の首に手を当て、その脈を確かめた氏茂が、会心の笑みを浮かべた。

「これで下条領国は、掃部様とそれがしのものでございます。お約束通り、阿知川の北はすべて献上いたします」

「それだけか」

意味ありげな笑いを浮かべつつ、信嶺は自らの座に戻った。

「何を仰せか。当初より、その取り決めではございませぬか」

「そうかな」

信嶺が手を叩くと、左右の襖がさっと開いた。

そこには小笠原家の家士たちが、抜き身の太刀《たち》を提げて立っていた。

「これは――」

氏茂の顔から瞬時に血の気が引いた。

「人を信ずれば殺される。それが戦国の倣いというものではなかったか」

信嶺が、からからと下卑た笑い声を上げた。

「掃部、謀ったな！」

「おぬしはもう用済みだ。おぬしのように悪知恵の働く者を、いつまでも生かしておくわけにはいかぬからな」

そう言い捨てると、信嶺は家士たちの背後に身を隠した。

「大儀であった」

「何と卑劣な」

「要らぬ駒は捨てろと、おぬしも申したではないか」

「い、いかにも、その通り――」

唇を噛みつつ、その場にどっかとばかり腰を下ろした氏茂は、ゆっくりと腹をくつろげると、無念の形相で脇差に手を掛けた。

画《が》龍《りょう》点《てん》睛《せい》

一

卯《う》の刻（午前六時頃）、鳶ケ巣山《とびがすやま》の方角から朝日が差し始めた。

それに呼応するがごとく法螺貝《ほらがい》が吹き鳴らされると、押し太鼓の音とともに、前方に布陣していた内藤昌秀《ないとうまさひで》隊が前進を始めた。

先ほどまで張り出していた朝霧も晴れ始め、三町（約三百三十メートル）ほど先に林立する敵の木柵も、はっきりと見えるようになってきた。

——思ったより堅固のようだな。今日は激しい戦いになりそうだ。

烏帽子《えぼし》を脱いだ信廉《のぶかど》は、それを小姓に渡すと、代わりに兜《かぶと》を受け取った。その時、小姓の指先が小刻みに震えているのに気づいた。

——無理もない。今日一日、命があるかどうか、誰にも分からぬのだ。

信廉も覚悟を決めねばならぬと思った。

腹底に響くような太鼓の音とともに聞こえていた甲冑《かっちゅう》の擦れ合う音が、突然、やんだ。敵の木柵から二町ほどに迫った内藤隊が隊列を止め、突撃態勢を整えている。

一方、朝霞《あさがすみ》に阻まれて視界を遮られた左翼の方角からは、遠雷のような筒音と鯨波が同時に湧き上がった。

──三郎兵衛《さぶろべえ》（山県昌景《やまがたまさかげ》）が突入したな。

兜の緒をぎゅっと締めた瞬間、静寂が突如として破られた。内藤隊の前面に展開した鉄砲隊の釣瓶撃ちが始まった。激しい筒音が轟き、焰硝《えんしょう》の焦げる臭いが周囲に立ちこめる。

しかし、煙にかすむ敵陣は貝のように押し黙り、応戦する気配はない。

大竹束《おおたけたば》や連盾《れんだて》を押し立てた内藤隊が、じわじわと前進を再開した。その隙間から放たれる筒音が次第に散発的になっていくと、やがてそれもやみ、鉄砲隊が後方に下がってきた。

鉄砲は十五から二十発も放つと、銃身が熱を持ち、暴発の恐れがある。そのため、いったん後方に下がり、銃身を冷やすのだ。

敵陣との距離が一町半ほどに縮まった時、隊列が止まり、その中央が左右に割れた。その間を押し開くように、白地に胴赤の旗を翻した内藤隊の騎馬武者が、次々と飛び出していく。

先ほどまで小鳥がさえずっていた静かな田園には、喊声と馬蹄《ばてい》の音が交錯し、地鳴りのような鯨波が渦巻いている。

連吾川《れんごがわ》を跳び越えた騎馬隊が、あと少しで最初の木柵に到達しようとした時だった。突如として敵の筒列が光った。続いて、轟音が波濤《はとう》のように押し寄せてきた。

信廉が聞いたこともないほど、大きな筒音である。

先頭を走る騎馬武者数騎がもんどりうって転がると、間髪入れず、鼓膜を破らんばかりの第二撃が轟いた。またしても数騎が転倒した。

敵の斉射は容赦なく続き、その度に多くの馬と人が斃れた。

その狙いが正確であることを覚った騎馬武者たちは、すかさず散開するが、それでも圧倒的な火力の前に、為《な》す術《すべ》もなく斃されていく。木柵まで到達した者もそれを破りようがなく、右往左往しているうちに、敵の集中砲火を浴びた。

戦闘が始まって小半刻も経《た》たないうちに、内藤昌秀の騎馬隊は壊滅的な打撃をこうむりつつあった。すべては、敵の火力を侮ったがゆえのことだった。

背後を振り返り、小丘上にある武田勝頼本陣を見上げたが、先ほどまでと何ら変わらず、大の字の馬標《うまじるし》が風にはためいているだけである。

信廉が再び正面に向き直ると、内藤隊の徒士《かち》が突入を開始していた。

初めは規則正しかった敵の斉射音は、すでに乱れ撃ちとなっていたが、その轟音は間断なく続き、味方の兵が折り重なるように斃れていく。敵は大量の鉄砲を用意してきただけでなく、何らかの効率的な運用法を編み出しているようだった。

内藤隊の騎馬武者の姿はすでになく、竹束車や連盾を押し立て、長柄を構えた徒士隊が、身をかがめるように木柵に迫っていた。しかし前夜来の雨により、泥濘《ぬかるみ》に足を取られた徒士の足並みがそろわず、武田勢の得意とする突進力が発揮できない。

それでも昌秀の御幣の馬標は、あたかも勝ち戦のように前に進んでいた。

――修理は死ぬつもりだな。

昌秀の不退転の覚悟を知った徒士たちは、再び勇を奮い起こして歩度を速めた。

敵の銃火はいっそう激しくなり、竹束や連盾が粉砕される。覚悟を決めて駆け出した者は、ことごとく木柵の前で銃撃の餌食となっていく。

内藤隊だけでなく、左翼の山県隊、右翼の馬場《ばば》隊をはじめとした諸隊も、激戦を繰り広げているようだった。それらの音が一塊の雲気と化して押し寄せ、人馬のたてる震動が遠雷のように地底から響いてくる。まさに、この世の地獄かと見まがうばかりの光景が、長篠全域で展開されていた。

信廉は再び鉄砲隊を前線に上げるべきだと思った。

――修理よ、筒衆を上げよ。

しかし、信廉の願いとは裏腹に、昌秀が鉄砲隊を前線に上げる気配はなく、内藤隊の懸り太鼓は、いっそう激しさを増してきた。

信廉の脳裏に、不吉な考えがよぎった。

全滅――。

その時、百足の背旗を翻した騎馬武者が陣内に駆け入ってきた。

武者は騎乗のまま口上を述べた。

「御屋形様のお言葉をお伝えする。逍遥軒様は何を見ておいでか。すぐさま突入し、内藤隊を助けよ！」

それだけ言い残すと、武者は泥土を蹴立てて走り去った。

――四郎め！

信廉は憤激し、軍配を膝に叩きつけた。

武田家の軍法では、本陣の指示があるまで勝手な行動は許されない。本陣に「二の先衆駆け入り」の旗が上がるのを待ち、突入するつもりでいた信廉は、勝頼のあまりに悪し様《あざま》な言いように逆上した。

――見ていろ！

信廉が振り上げた軍配を下ろした。

「筒衆、前へ！」

鉦鼓の音が響き渡ると、鉄砲隊を先頭に押し立てた信廉隊の前進が始まった。

「馬を」

床机から立ち上がった信廉が柵際を見やると、信廉隊の参戦により、内藤隊が息を吹き返したかのように突入を再開していた。

「騎馬隊、突入！」

武田菱の旌旗《せいき》がはためき、信廉の騎馬隊が連吾川を跳び越えていく。

すでに一部では木柵が倒され、そこから内藤隊の侵入が始まっている。

木柵の際にいた敵勢が、算を乱して逃げ出す姿も見えた。

——勝った！

信廉は味方の勝利を確信した。


「あっ！」

弾かれたように上体を起こした信廉の周囲には、漆黒の闇が横たわっていた。

手探りで火打石を探り、燭台《しょくだい》に灯を入れた信廉は、大きなため息をついた。

——夢であったか。

背には、びっしょりと汗をかいている。

「いかがいたしましたか」

襖越しに宿直《とのい》が問うてきた。

「何でもない。下がっておれ」

いつになく険しい信廉の声音に驚いたのか、宿直は慌ただしく去っていった。

——また長篠の夢を見てしまったか。

手巾で汗をぬぐった信廉は、脱力したかのように肩を落とした。

——傍輩《ほうばい》どもよ、幾度となくわしに同じ夢を見させおって。おぬしらは、何が言いたいのだ。

内藤、山県、馬場ら、かつての傍輩に声をかけてみたが、むろん答えはない。

——たとえ怨霊でも、傍輩たちがこの場に居てくれたら、どれほど心強いものか。

信廉は大きく息を吐くと、再び仰臥《ぎょうが》した。

天正十年（一五八二）一月、大嶋城本曲輪の寝所で、武田信廉は一人、これまでにないほどの孤独を感じていた。


武田逍遥軒信綱こと武田刑部少輔信廉は天文元年（一五三二）、武田信虎《のぶとら》の六男として生まれた。そのため幼名は孫六《まごろく》とつけられた。六男とはいえ、兄の晴信（信玄）、信繁《のぶしげ》と同じ大井《おおい》夫人の腹であるため、信廉は、生まれついて武田家の中枢を担う宿命を背負わされていた。

天文十年（一五四一）、信廉十歳の時、兄晴信が父信虎を放逐するのを目の当たりにした。いかに戦国の世とはいえ、少年信廉にとり、その事件はあまりにも衝撃的であった。

永禄《えいろく》四年（一五六一）の第四次川中島合戦では、兄信繁の死に立ち会った。

親しみやすい人柄で、信廉のよき話し相手となってくれた信繁を失ったことは、信廉の孤独をいっそう深めた。

この世の無常を感じ、浄土を夢見るようになったのは、この頃からである。その仏への思いを、幼少の頃から達者だった絵筆に託した信廉は、鎧天神《よろいてんじん》像や渡唐天神《ととうてんじん》像など、多くの仏神像を描いた。

そんな信廉が武人として真価を発揮するのは、永禄十二年（一五六九）の関東侵攻作戦からである。

北条家を相手にした一連の合戦に参陣した信廉は、信玄の軍配に忠実に従い、見事な駆け引きを見せ、初めてその武人としての才を周囲に示した。

元亀元年（一五七〇）、信廉は深志城代に任命される。翌年には、信玄に後継指名された勝頼が甲斐府中に呼び戻されたのと入れ替わり、上伊奈郡代・高遠城主を拝命した。信濃国の要衝・高遠城を任されたことは、信廉が単に信玄の同腹弟というだけでなく、領国統治能力のある器量者として、信玄から認められたことを物語っていた。

元亀三年（一五七二）、信玄の上洛《じょうらく》戦にも同行した信廉であったが、元亀四年（一五七三）四月、信玄が信州駒場《こまんば》で死去することにより、その人生も転機を迎える。

兄信玄の死に際して出家し、逍遥軒信綱と名乗った信廉は、今まで以上に武田家中で重きをなすはずだった。しかし案に相違し、信玄の跡を継いだ勝頼からは疎んじられた。

そして天正三年（一五七五）、長篠合戦が勃発する。この戦いに敗れた武田家は、信玄の遺産ともいえる宿老の多くを失うことになる。それでも信廉が、勝頼から重用されることはなかった。

天正九年（一五八一）、勝頼から下伊奈郡代を拝命した信廉は、高遠城から飯田城へと移り、武田家の三河進出を支えてきた兵站《へいたん》基地・大嶋城の修築に心血を注ぐことになる。

二

――わしとは何であったのか。

五十を過ぎたこの頃になり、信廉は、己の人生を振り返ることが多くなった。

長年にわたり兄の傍らにあり、武田家を支えてきた信廉には、少なからず実績に対する自負があった。しかし勝頼の代になり、思うほどの評価は得られず、逆に武田家の中枢から遠ざけられるかのように、領国南西端の下伊奈に追いやられた。

信廉の心は鬱屈した。

――四郎は己の気に入った者だけで周囲を固め、初めから、わしを除くつもりでおったのだ。

信玄の死後、勝頼を支えていくつもりであった信廉の覚悟は、物の見事に打ち砕かれた。新体制が発足しても、信廉は高遠城に据え置かれたままであり、要職に就いていた宿老たちがいなくなった長篠合戦後も、上伊奈郡代から下伊奈郡代に配置換えされただけで、武田領国の中枢からは、さらに遠ざけられた。

勝頼は、信繁の息子で年の近い信豊《のぶとよ》、側近の安倍宗貞《あべむねさだ》や土屋昌恒《つちやまさつね》、さらに理財に長《た》けた長坂釣閑斎や跡部大炊助を重用し、政権内に信廉の居場所はなかった。

それでも文句一つ言わず、信廉は下伊奈に移った。

——文句を並べたところで何になるというのか。わしは、任された仕事を黙々とこなすだけだ。

心中の鬱屈を振り払うかのように、手慰みに持っていた青竹で空気を薙《な》ぐと、「びしっ」という鋭い音がして、空気が割れた。

絵図面を見ながら番匠頭に指示を与えていた大嶋城代兼築城奉行の日向玄徳斎宗栄《ひなたげんとくさいそうえい》が、それに気づくや慌てて説明を始めた。信廉が焦れてきたと勘違いしたのだ。

「という次第でございますゆえ、この大馬出の外に外郭を築き、その先にさらに丸馬出を三つも設ければ、構えは、さらに堅固となりましょう」

「分かった。そうせい」

まだ何か言いたそうな玄徳斎を従え、大馬出を後にした信廉は、自慢の労作である伏兵曲輪に向かった。

城の前面の防備を一手に引き受ける大馬出は、信廉の発案により、城の軸からずらし、やや南に設けられていた。これは、あえて脇を空けるように北側に空間を設けることにより、敵は北側に偏って攻めてくる。そこを三曲輪の北側隅に設けた伏兵曲輪の兵に襲わせるという策である。しかし、敵の侵攻は間近であり、大嶋城の防御を強化する時間的余裕は、あまり残されていない。大外郭とその虎口三ヵ所に築かれるはずの丸馬出は、画餅に帰す可能性が高まっていた。

——そうなればこの勢隠しが、どれほどの威力を発揮するかだ。

伏兵曲輪に立った信廉は、味方の陣前逆襲により蹴散らされる敵勢を想像した。しかし、同じ手を二度は使えない。伏兵曲輪の存在が知られれば、敵勢はその制圧を試みるはずである。それを防ぐには、さらに何らかの仕掛けを施さねばならない。

敵の動きを想定し、信廉の頭脳はめまぐるしく働いた。

——伏兵曲輪を囮《おとり》に使うのだ。あえてこの曲輪を取らせれば、敵は三曲輪や二曲輪からの横矢を浴びつつも、さらに奥に進もうとするはずだ。

すなわち、伏兵曲輪の奥に付けた道を進めば、敵は本曲輪に近づけると錯覚する。それゆえ、その先を切留（行き止まり）としておけば、立ち往生した敵を残らず討ち取れる。

しかし、口端に浮かべた微笑は、すぐに自嘲的な色を帯びた。

——緒戦でいくら敵を叩いても、わしはこの城と命運を共にすることになる。

この戦いが絶望的なものになるであろうことを、信廉はすでに知っていた。

——だからこそわしは、四郎が驚くほどの見事な最期を遂げてみせる。

自ら縄張りした天下の堅城で、甲斐源氏末裔の名に恥じない最期を遂げることこそ、信廉の最後の望みだった。

いた。

——さすれば兄たち同様、わしの武名が天下に轟く。

信廉は、己の死後の武名に見合った高さ三尺余の逆修位牌《いはい》を、すでに自らの手で造って

——わしは死しても、わしの武名は残る。

信廉の脳裏には、その巨大な位牌を拝むために列を成す人々の姿が、まざまざと浮かんでいた。

「玄徳斎、この曲輪の先に道を付け、その先を切留にしておけ」

「ははあ、それは妙案でございますな」

早速、絵図面に見入る玄徳斎を置いて、信廉は一人、本曲輪に向かった。

大嶋城は、天竜川西岸が東にせり出した河岸段丘上に築かれた崖端城《がいたんじろ》である。北、東、南が天竜川により遮られる「後ろ堅固」の地に築かれているため、この城を攻める場合、西の一方からしかない。それゆえ西の大手正面に巨大な丸馬出を築き、三曲輪、二曲輪、本曲輪の順に、巨大な堀を隔てつつ三段に連なる曲輪を築くことで、攻め寄せる敵兵力の漸減を図りつつ、敵が疲弊してきたところで、反転逆襲を掛けるという構想だった。

単なる兵站基地でしかなかったこの城を、信廉は武田流築城術の粋を集めた鉄壁の堅城に仕立てようとしていた。

本曲輪の東端から天竜川の流れを見下ろしつつ、信廉は、兄信玄との最後の語らいを思い出していた。

——兄上は、己の寿命が定まったと分かった時、わしを枕頭に呼んだ。

元亀四年（一五七三）二月、徳川勢を三方ケ原で撃破し、野田城に至った時だった。信玄の病状は急速に悪化し、これ以上、一歩も進むことができなくなった。

それでも信廉らは、野田城だけでも落とそうと軍議を重ねていた。そんな時、信廉は信玄から呼び出しを受けた。

仮陣屋として接収した農家の奥の間に赴くと、信玄が一人、仰臥していた。弟の信廉相手であっても、常に座して対応していた礼儀にうるさい信玄が、遂に上体さえ起こせなくなっていた。

信廉は大きな衝撃を受けた。

「孫六か」

信玄が弱々しい声で問うてきた。

「はっ」

「近う」

信玄の枕頭まで招かれた信廉は、さらに驚いた。ここ十日ほど見ないうちに、信玄の頬は落《お》ち窪《くぼ》み、顔全体は黒ずみ、その声音にも生気がなくなっていたからである。

これまで、心の奥底では信じていなかった信玄の死が、実感として迫ってきた。

「わしの顔はそれほど変わったか」

「ああ、いや」

「おぬしの驚く顔を見れば、問わずともすぐに分かる」

「あいすみませぬ」

「いいのだ。それが孫六というものだからな」

慌てて畏《かしこ》まる信廉を見て、信玄が穏やかな笑みを浮かべた。

「何の病か分からぬが、歯も抜けてしもうた」

信玄の口には、ところどころ歯がなく、齢八十を超えた翁にしか見えなかった。

「兄上、皆のため、気をしっかりとお持ち下され」

「ああ、分かっておる」

信玄のどんよりとした瞳には、すでにあきらめの色が浮かんでいた。

「だがな、わしはもう長くない」

「何を申されます」

「いいのだ。己の死期は、己が最もよく分かる。ただ、かえすがえすも無念なのは、いま少し、天が寿命を与えてくれなかったことだ」

誰よりも強く揺るぎなかった兄のこれだけ弱った姿を見るのは、信廉にとり、この上なく辛いことだった。

「兄上、ご無念、お察し申し上げます」

信廉の言葉も耳に入っていないのか、信玄の目は別の何かを見ていた。

――兄上は、京の都に翩翻《へんぽん》と翻る孫子の旗を見ておいでだ。

「あと一年、いや半年もあれば、わしは天下を制しておったはずだ」

「はっ、仰せの通りにございます」

「しかしそれも、もはや叶わぬ夢となった」

瞳を閉じた信玄が、大きなため息とともに言った。

「しかし、こうなったからには、武田領国を保つための策を様々に講じねばならぬ」

いまだ活発に働く頭脳を、そうした後ろ向きのことに使わねばならない信玄の辛さが、信廉にひしひしと伝わってきた。

「いいか孫六、わしの死後のことは、すべて三郎兵衛らに託した。軍配（軍事）のことは心配要らぬ。わしがおぬしに託したいのは――」

苦しげに顔をしかめた後、信玄は、かすれた声を喉奥から絞り出した。

「父上のことだ」

「えっ」

二人にとっての父とは、三十二年前の天文十年（一五四一）、信玄の手によって甲斐国を追われた、信虎以外の何者でもなかった。

長らく忘れていた名を聞き、どう返答していいか分からず、信廉は戸惑った。

「父上は諸国を渡り歩きつつ、いまだ壮健と聞く。わしが死したと聞けば、父上は必ずや帰国の方途を探るであろう。そして、見果てぬ夢を追うのだ」

「見果てぬ夢とは――」

「決まっておろう」

信玄が不快そうに口端を歪めた。

「天下よ」

信廉は愕然とした。数えで八十を超えた信虎が、その内奥に、それほどの野心をいまだたぎらせているとは、信廉には思えなかった。

その心中を読み取ったのか、信玄が戒めるように言った。

「おぬしは父上を分かっておらぬ。父上は人ではない」

「人でないと」

「そうだ。父上は野心に憑《つ》かれた魔物だ。父上はいかなる手を使っても、己のほしいものを奪い尽くす。その後には、焼け爛れた荒野《あれの》が残るだけだ。わしはそれを目の当たりにしてきた。それゆえ、わずかな隙を衝き、父上を国外に追ったのだ」

久方ぶりに長い話をしたためか、信玄の息が荒くなってきた。

「父上は恐ろしき男だ。いかな窮地に陥ろうが、その豪胆かつ残忍酷薄な武略を用い、圧倒的に優位な敵を次々となぎ倒してきた」

十四歳で家督を継いで以来、信虎は、三十九歳までの二十五年間に二十余度の合戦を戦った。その間、血で血を洗うような一族衆との内訌《ないこう》に勝ち抜き、今川や北条などの外部勢力の侵攻にも屈しなかった。そして、いよいよ隣国信濃に覇権を打ち立てるべく、佐久平に出兵した直後、息子によって甲斐国から追われたのだ。

「父上は、さぞ無念であったろう」

信玄の瞳は、遠い過去を懐かしんではいなかった。その瞳には、おぞましい過去を消し去りたいという一念だけが溢れていた。

「今でも父上は天下に野心を持ち、信長を斃すべく暗躍しているという。つい先日、京から戻った間者の話によると、先頃、父上は甲賀で兵を募り、近江に入ったとのことだ」

「何と――」

「父上はわしの上洛を利用し、天下を掠《かす》め取《と》ろうという魂胆なのだ。わしに信長を討たせ、続いて、わしを討つという筋書きなのだろう。しかし、わしが上洛せねば、さすがの父上も天下簒奪をあきらめざるを得ないはずだ」

信廉は、いまだ信虎が天下をうかがっているという事実に愕然とした。

「いずれにせよ、さぞや信長の心胆を寒からしめたに違いない」

笑い声を上げた後、信玄が咳き込んだので、信廉は首を支えて水を飲ませた。

「兄上、無理をせず、また の機会《せこ》にいたしましょう」

「またの機会があろうか」

寂しげにそう言った後、何かに急かされるように信玄が続けた。

「父上の次の一手が分かるか」

「次の一手と」

「そうだ。わしの死を聞けば、父上は必ず帰国する。そして、四郎との対面を望むだろう。しかし対面すれば、己とあまりに違う四郎の表裏なき武辺気質《ぶへんかたぎ》に落胆し、四郎を廃そうとするだろう。しかもその取り巻きは、父上から疎んじられた長坂釣閑斎や跡部大炊助だ。彼奴らは今でも父上を恨んでおり、父上の指図に従うはずもない。それゆえ――」

苦しげに胸を上下させつつ信玄が言った。

「父上は手を打つだろう」

虚ろだった信玄の瞳が一転して鋭くなり、その焦点が信廉に合わせられた。

「父上はおぬしを担ぎ出し、家督に据えようとする」

「何と！」

信廉は唖然とし、その細い目を見開いた。

「おぬしであれば思うままになると、父上は思うだろう。それゆえ同じく枢要から外され、不満を持つ宿老たちをけしかけ、おぬしを擁立させようとする。そうなれば国内は大混乱となる。そこを三河（徳川家康）や相州（北条氏政）に付け入られれば、武田領国は日ならずして瓦解する」

「兄上、それがしには、武田家の家督を奪うなどという野心はありませぬ」

「分かっておる。それが孫六というものだ。しかし父上は違う。おぬしの与《あずか》り知《し》らぬところで策配（謀略）は進み、おぬしが気づいた時は、もう手遅れとなっている。それが父上のやり方だ」

信廉は、全身が総毛立つほど戦慄した。

「そこから逃れる手は一つ」

信玄の瞳が光った。

「おぬしの手で父上を殺せ」

「えっ！」

「四郎に近い者であれば、父上は警戒し、そう容易には隙を見せぬ。唯一、おぬしにだけは気を許すはずだ」

「いや、しかし――」

「父上は武田家にとって火種だ。火種は未然に消さねばならぬ。しかも、おぬしは己の手で父上を葬ることで、武田家中の地位を安泰とすることができるのだ」

信玄はそう言うと瞑目した。

そしてこれが、信廉が正気の信玄と語らった最後となった。

この後、何とか野田城を落とした信廉らであったが、信玄の病状はさらに悪化し、上洛どころか帰国も覚束ない状態となった。

信廉らは信玄を長篠城《ながしのじょう》に移し、しばし療養させた後、小康を得たのを機に帰国の途に就いた。しかし四月十二日、信州駒場に至ったところで、信玄は不帰の客となる。


「逍遥軒様、木曾伊予守様の使者が参られました」

背後から玄徳斎に声をかけられ、回想に耽《ふけ》っていた信廉は現実に引き戻された。

「して、使者は何と申しておる」

「はい、御屋形様に度々申し入れていた後詰勢が、いくら待ってもやってこず、このままでは木曾谷を守りきれぬとのこと。できれば、こちらから後詰を回していただけぬかと申しております」

「笑止」

信廉は失笑を漏らした。

「伊予に伝えよ。こちらとて余力はない。己の頭の蠅は己の手で払われよと」

「よろしいので」

玄徳斎の言いたいことは分かっていた。そんなことを言えば、木曾家のような表裏定まらぬ国衆を敵に寝返らせるだけだからである。こちらの兵力が乏しいなら、「送る」と告げておいて、送らねばよいだけのことである。

「玄徳斎、この戦いの意義は、おのおのの生き様をいかに全うするかだけだ。伊予が四郎に忠節を尽くすというならそれもよし。また、返り忠するというならそれもよし。白い画布に己の生き様をいかに描くかは、伊予次第なのだ」

「はっ」

不承不承ながらも、玄徳斎が下がっていった。

――わしの言葉を聞けば、まずもって伊予は寝返る。しかし、その代償を払うのも伊予なのだ。もはや武田家がどうなろうと、わしの知ったことではない。この窮地においては、それぞれが、いかに己の生き様を貫くかだけが大切なのだ。

その時、胸内から声が聞こえてきた。

――おぬしは、傍輩どもが生や財に執着し、浅ましいまでの生き様を晒す姿が見たいのだ。さすれば、おぬしの最期はいっそう際立つ。おぬしの死は、甲斐源氏の終焉を飾るにふさわしいものとなり、後世に残るその武名は、二人の兄に何ら劣らぬものとなるのだ。

信廉の心は浮き立った。

三

信玄に追放されてからの信虎は、女婿の今川義元に保護され、駿河国で隠居生活を送った。この間に、側室腹から末子《ばっし》の信友《のぶとも》と女《むすめ》をもうけている。

永禄三年（一五六〇）、桶狭間《おけはざま》で義元が討たれて後、跡を継いだ外孫の氏真《うじざね》を指嗾《しそう》し、信虎は甲斐復帰を画策するが、氏真側近に疎まれ、同六年、石もて追われるように駿河国を後にする。

それでも野心の焰いまだ衰えぬ信虎は、京に上り、室町幕府十三代将軍・足利義輝《あしかがよしてる》の客分に収まった。その後、京と駿河を往復しつつ暗躍を続けた信虎は、元亀四年三月、十五代将軍義昭《よしあき》に与して挙兵した。

細川藤孝《ほそかわふじたか》宛の信長書状にこうある。

「信虎が甲賀にあり、近江への出兵を企てているとの報告だが、義昭様の上意がどれほど重く扱われようが、急に人を頼んで（兵を集めて）も、たいしたことはできまい」

信虎挙兵を楽観しようとする信長の恐怖が、文面からひしひしと伝わってくる。

この挙兵計画は、義昭勢が山城国の槇島城《まきしま》で信長を引きつけている隙に、信虎が、近江から信長の側背を突くという大胆不敵なものだったが、甲州勢撤退の報に接した義昭が、あっさりと降伏したため、その野望はあえなく潰《つい》え去る。

この挙兵は挫折したものの、信虎は、いまだ天下を左右するほどの影響力を持っていた。

信虎から帰国する旨の知らせが信廉の許に届いたのは、信玄が死してから半年後の天正元年（一五七三）十月のことだった。

いかに信玄の予言とはいえ、信虎直筆の書状が届くまで、信廉はその帰還に半信半疑だった。

すでに齢八十を超える信虎である。無用な波紋を武田家中に起こすことを恐れ、帰ってこないのではないかという信廉の観測は甘かった。その点、信玄の洞察力は、信廉をはるかに上回っていた。

当時、上伊奈郡代に任じられていた信廉は、信虎の御迎役に信虎の女婿の一人である禰《ね》津神平《づじんぺい》を指名し、鳥居峠に向かわせた。

そして信虎の宿館には、高遠城ではなく城下の禰津屋敷を当てた。信廉自ら迎えに出たり、勝頼の了解を取る前に高遠城に入れたりしては、あらぬ疑いをかけられるからである。

早速、信廉は早馬を仕立て、勝頼に信虎帰国を伝えた。

この頃、信玄死去に伴う徳川方の反攻が始まり、武田方は、奥三河の長篠・作手《つくで》両城を失陥していた。しかし十月、勝頼は反撃に転じ、遠江の要衝・諏訪原《すわはら》城を奪い返し、三州街道を意気揚々と帰国の途に就いたところだった。

「信虎帰還」の報に接した勝頼一行は、急遽《きゅうきょ》、高遠城に立ち寄ることになった。

禰津屋敷に入った信虎からは、「四郎が着く前に顔を見せにこい」という使いが来たが、信廉は勝頼来着前に信虎と会うつもりはなく、多忙を理由に断った。とにかく細心の注意を払い、誤解を受けることだけは避けねばならなかった。

信虎と勝頼の会見の場は、高遠城内大広間と決まった。

禰津神平の案内で、あらかじめ信虎を高遠城内に招き入れた信廉は、勝頼一行を高遠城の大手門前で出迎えると、一同の先に立ち、大広間に向かった。

その間、勝頼は終始無言であった。信廉が、信虎を呼び寄せたのではないかと疑っているのは明らかである。

高遠城二曲輪にある大広間上段には、二名の小姓を従えた僧形の老人が、背を丸めてうずくまっていた。頭の重さに耐えきれぬのか、老人の首は前方に垂れ、僧衣を通して肩甲骨が浮き出ている。

——父はただの老人にすぎぬ。何ほどのことはない。

そう思いつつ信廉が座に着いた時だった。その老人の皺深い首がゆっくりともたげられ、落ち窪んだ眼窩《がんか》の奥に光る二つの瞳が周囲を見回した。

その瞬間、信廉の心は呪縛された。

信虎の全身から発する毒気は、三十二年前と少しも変わらなかった。否、あの頃以上に不気味なまでに強い毒を撒《ま》き散《ち》らしている。

「お初にお目にかかります。それがしが武田家当主の四郎勝頼にございます」

その毒に抗うがごとく、慇懃無礼《いんぎんぶれい》とも取れるほど力強く、勝頼が挨拶の言葉を述べた。

「ほほう」

白衣の上に黒い衲衣《のうえ》をはおり、その撫《な》で肩《がた》に鳶《とび》茶色の絡子《らくす》をさらりと掛けた信虎は、右手に持つ唐扇《とうせん》で左手の甲を叩きながら、しっかりとした声で応じた。

「そなたが武田の当主とな。まだ幼いと聞いていたが、わしの聞き違いだったか」

「御屋形様は当年二十と九にございます」

勝頼の傍らに控える長坂釣閑斎光堅が如才なく答えた。

「七つほどの稚児と聞いておったが、誤りであったようだな」

「それは、御嫡男の武王丸信勝《たけおうまるのぶかつ》様のことではありますまいか」

釣閑斎が、老人をいたわるような言い方をした。

「そうか、晴信の孫の信勝が当主で、その陣代（後見）として、諏訪家に養子入りした晴信の側室腹の息子がついておると聞いておった。わしも年が年ゆえ、聞き違えてしもうたわい」

「それは――」

釣閑斎の笑いが、その面長の頬に凍りついた。

両手をつき、やや頭を下げている勝頼の肩がわずかに震えた。下座に控える諸将の間からも、ざわめきが起こった。

実は、信虎の得た情報は正鵠《せいこく》を射ていた。

信玄は、その生前、勝頼に家督を継承させず、孫の信勝に譲っていた。諏訪家に養子入りしていた勝頼を家督に据えることにより、勝頼側近や諏訪衆の発言力が強まることを危ぶんだ宿老たちの圧力に、信玄が屈したためであった。正式には、勝頼は信勝の後見役でしかなかったのだ。

勝頼にとり、それは最も触れられたくない一事であった。

「仰せの通りにございます」

勝頼が毅然として言い放つ。その声音は、屈辱を撥《は》ね返そうとする気魄に溢れている。

一方の信虎は、その気組みを外さんとするがごとく、とぼけたように問い返した。

「そうか、それでその武田家当主の信勝殿に、わしはいつ会える」

「ご面談の儀を万端相調えました上、お迎えに上がらせていただきまする」

「諏訪殿、それはいつになるのか」

信廉は、「諏訪殿」と呼ばれた勝頼の拳が震えるのを見た。信虎もそれを見ているに違いなく、この瞬間、勝頼は見限られたはずである。

勝頼は信虎の課した科挙に、見事に落ちたのだ。

「それは追ってお知らせいたします」

釣閑斎が間を取り持つように言った。

信虎がそのまま黙したのを見た釣閑斎は、話題を転ずべく、一族と宿老の紹介に移った。

「それでは逍遥軒殿」

まず信廉が前に出るよう促された。

他国から来た貴人と対面する場合、勝頼に続いて、勝頼の片腕とも言うべき信豊か、独立的勢力を有する信玄女婿の穴山信君から紹介されるのが常だが、信虎に近しい者ということから、この時ばかりは、信廉が最初になった。しかし信廉は、できれば後に回してほしい心境だった。

「父上、お久しゅうございます」

「孫六か」

信虎の面に、初めて人らしい感情が表れた。

「はい、孫六にございます」

「しばらく見ぬ間に、随分と老けたな」

「はっ」

「しかし、まだまだ働けそうだな」

信虎が、傾城《けいせい》を品定めするかのように信廉の全身を見回した。

その眼差しを振り切るように信廉が言った。

「父上も息災のようで、何よりにございます」

「ああ、晴信よりは長く生きてやろうと思うておったからな」

かすれた笑いが欠けた歯の間から漏れた。

「父上、長らく何の孝行もできず、申し訳ございませんでした」

「気にするでない。そなたの兄のことを思えば、何もしないことこそ孝行であろう」

信虎の口から次々と飛び出す揶揄《やゆ》や皮肉に、信廉は返す言葉を持たなかった。

勝頼らと信虎の間を取り持たねばならないはずの信廉であったが、信虎の毒気に当てられ、その役割を全く果たせないでいた。

「それでは兵庫助殿」

釣閑斎が次の座に控える信虎九男の信実《のぶざね》を促した。信実に続いて、信虎十男の一条信竜《いちじょうのぶたつ》も挨拶を述べた。

信虎の男子は、竹松《たけまつ》（夭折《ようせつ》）、晴信、犬千代《いぬちよ》（夭折）、信繁、信基《のぶもと》（早世）、信廉、信是《のぶこれ》、僧宗智《そうち》（早世）、信実、信竜、信友《のぶとも》の十一人である。この時、同席した息子は、信廉、信実、信竜の三人だが、信廉以外の二人に信虎の記憶はなく、直接、信虎の謦咳《けいがい》に接し、わずかながらもその壮年の覇気を記憶にとどめているのは、信廉だけだった。

対面の儀は、釣閑斎の進行により滞りなく進んでいった。

しかし、次々と紹介される一族衆は信虎の知らない顔ばかりである。

家臣団の紹介に移る頃には、誰の目にも信虎の不機嫌が明らかとなり、周囲に、気まずい空気が漂い始めていた。

「こちらが内藤修理亮《しゅりのすけ》にございます」

内藤昌秀が、膝をにじって挨拶しようとした時である。

「おぬしは誰かによう似ておる」

それまで黙していた信虎が関心を示したので、すかさず釣閑斎が昌秀の出自を語った。

「この内藤修理は、元は工藤源左衛門《くどうげんざえもん》と申しまして――」

「ははあ」

信虎の瞳がうれしそうに輝いた。

「わしが手打ちにした工藤下総の息子か」

「はっ」

何かを堪《こら》えるように内藤昌秀が平伏した。

昌秀は実名を工藤源左衛門尉祐長《すけなが》といった。父の下総守虎豊《しもうさのかみとらとよ》が信虎の勘気に触れて誅殺された折、いったん他国に逃れたが、信虎が追放された後に帰参し、工藤家同様、信虎に廃絶されていた内藤家を継ぐという複雑な経歴を持っていた。

「おぬしの父を袈裟《けさ》に斬った時は心地よかったぞ。その折に使ったのが、この左文字よ」

背後の小姓を促して太刀を受け取った信虎は、慣れた手つきで鞘《さや》を払った。

おお――。

次の瞬間、居並ぶ一騎当千の者たちの間から、声にならないため息が漏れた。

その刀身の青白い地肌には、血膏《ちあぶら》を十分に吸ったとおぼしき巻波のような刃紋が群がり立ち、魔界に誘うような妖しい光芒《こうぼう》を放っていた。それを一目見た者にしか分からぬ名状し難い妖気が、将たちの心をむんずと摑んだ。

この場にいる全員が、信虎の術中にはまりつつあった。しかし、それを知ってはいても、もはや誰も信虎を抑えることはできない。

昌秀は、怒りと屈辱に肩を震わせていた。

「源左衛門、何か申したき儀でもあるのか」

信虎は立ち上がると、昌秀の眼前に太刀をかざした。

「この太刀で、わしは五十人余の家臣を手打ちにいたした。しかし此奴は、まだ血が吸いたいと夜毎《よごと》に泣くのだ」

信虎が薄ら笑いを浮かべつつ、太刀を昌秀の肩に載せた。

座には、一触即発の空気が漂った。

――この場を収められるのは、わししかいない。

そう思いつつも、信廉の体は呪縛されたように動かなかった。

その時、釣閑斎の下座に控えていた小笠原慶安斎《けいあんさい》が、信虎の傍らまで素早く膝行《しっこう》した。

慶安斎は信濃守護職小笠原家の系譜に連なる茶人兼歌人であり、かつては信玄御伽衆《おとぎしゅう》の筆頭として、他国から来る賓客の接待や信玄主催の歌会の進行役を務めるなど、主に家政面を取り仕切ってきた。信玄死後も、京に寄寓《きぐう》する信虎の世話役として、甲斐と京を度々往復しており、信虎とは旧知の間柄である。信廉を除けば、慶安斎こそ、この場を収めるにはうってつけの人物であった。

「これは類稀《たぐいまれ》なる名刀。この慶安斎、かような白髪頭になるまで、これほどの名刀を見たことがありませぬ。ぜひ、この手に取らせていただきたく」

「ほう、そうか」

信虎から太刀を渡された慶安斎は、しきりに感心しながら、背後の小姓に合図して、鞘を受け取ると、太刀を収めた。

「眼福にございました」

深く平伏した慶安斎は、小姓に太刀を返さず、釣閑斎に預けた。

その意をすぐに察した釣閑斎は、「ほほう、これは業物」と言いながら、拵《こしら》えだけを確かめて、下座に回した。これにより順次、太刀は回されていき、座の緊張が次第に解《ほぐ》れていった。

手持ち無沙汰になった信虎は、無言で主座に戻ると、次の者の紹介に聞き入った。

しかし、その後も信虎の毒舌はやまなかった。

馬場美濃守が教来石民部《きょうらいいしみんぶ》であったこと、山県三郎兵衛が飯富兵部《おぶひょうぶ》の弟であったこと、そして彼らが、信虎が廃絶した馬場家や山県家を継いでいると聞き、信虎は、あからさまな嘲りの言葉を投げつけた。春日虎綱《とらつな》が、石和《いさわ》の庄屋《しょうや》・春日大隅《おおすみ》の息子と聞いた時には失笑さえ漏らし、「百姓を大身にするとは晴信の分別違いも甚だしい」と言って嘆息した。

座には、怒りと憎悪が渦巻いていた。信廉は為す術もなく、その嵐の真ん中に立ち尽くしていた。

「それでは、しばし気候穏やかなここ高遠でお休みいただいた後、躑躅ヶ崎館《つつじがさきやかた》の支度が調い次第、お迎えに上がります」

「うむ」

釣閑斎の言葉に、信虎が満足そうにうなずいた。

「それではこちらに」

「このまま高遠城に居座られてはたまらぬ」とでも言いたげな釣閑斎の先導に従い、信虎が座を払った。

大広間を去る時、信虎は意味ありげな視線を信廉に投げていった。その眼差しは、信廉をさらに呪縛するに十分なものだった。

四

禰津屋敷にいる信虎から使いが来たのは、勝頼一行が高遠を去った翌日だった。

「掛真《けしん》を描いてほしい」というのが用件である。

掛真とは出家者の肖像画のことだが、信虎の意図がどこにあるのか、信廉には皆目、見当もつかなかった。

しかし、勝頼との面談が済んだ今となっては、とくに断る理由も見あたらず、絵筆や岩《いわ》絵具《えのぐ》などを携えた信廉は、吸い寄せられるように禰津屋敷に赴いた。

「どうであった」

型通りの挨拶が済むと開口一番、信虎が問うてきた。

「どうと申しますと」

信虎は、その皺深い口端に笑みを浮かべていた。

「四郎か釣閑から何か申し付けられたか」

信廉は驚いた。信廉は、勝頼から信虎監視を命じられると思っていたが、勝頼本人からもその側近の誰からも、そうした話はなく、不審を抱いていた矢先だったからである。

「いや、何もございませんでした」

「ははあ」

信虎の額の皺が動き、瞳が大きく見開かれた。

「これでおぬしは埒外《らちがい》となった」

「ら、埒外とは」

「逍遥軒殿が、いよいよ武田家の構想から外されたということだ」

「――」

「四郎らは、わしとおぬしの関係を疑うておる。信玄の遺言の三年秘喪の禁を破り、わしに信玄の死を伝え、呼び寄せたのは、おぬしと思うておるに違いない。それだけならまだしも、おぬしとわしが結託し、武田家の家督を奪うつもりとでも思うておるやもしれぬ」

「あっ！」

信廉は、とんでもないものを背負い込んでしまったことを、この時、覚った。

「もはや手遅れだ。釣閑は四郎に指嗾《しそう》し、わしとおぬしを殺させるだろう」

信虎が「あきらめろ」と言わんばかりに首を横に振った。

「それがしに、そんな野心はございませぬ。それがしはただ、己に課せられた仕事を全うしたいだけにござります」

「ははは、晴信亡き今も、おぬしは、誰かの指図がなければ動けぬというわけか」

「いや、はい――」

図星を指された信廉は、がっくりと肩を落とした。

「それでよい、それが孫六というものだ。それなら、これからはわしの指図に従え」

「指図と申されますと」

「武田家をいただく」

「何と！」

「武田家をわが手中に収め、上洛の兵を起こすのだ」

「それがしには、かかわりのないことにございます！」

半身になった信廉は、その場から逃げ出そうと腰を浮かしかけた。

「すべてはもう手遅れだ。わしが武田領国に踏み入った時、すでにおぬしの命運は決したのだ。かくなる上は、四郎と釣閑の望むように振る舞ってやろうではないか」

——嫌だ！

そう叫び出したい衝動に駆られながらも、蛇ににらまれた蛙《かえる》のごとく、信廉の体は動かなかった。

「それ以外、おぬしに道はない。宿老どもを糾合し、四郎父子と側近どもを殺すのだ。後は、おぬしが武田家当主となり、悠然と上洛の兵を起こす。晴信の残した強兵が健在な今を措いて、機会はない」

信廉は信虎の呪縛から脱しようともがいたが、決して逃れられないことも、頭の片隅で分かっていた。

信廉の口からは、拒絶の言葉とは裏腹な言葉がついて出ていた。

「して、いかように」

「容易なことだ。高遠城での対面により、内藤、山県、馬場、春日らは、間違いなくわしに同心いたす。彼奴らを四辺から呼び寄せ、すみやかに事を済ませる」

「しかし、それならばなぜに――」

信虎にそこまでの深慮があるなら、なぜ彼らに対し、あれほどの悪口雑言を並べたのか、信廉には皆目、見当がつかなかった。

「人の上に立ったことのないおぬしには分からぬかも知れぬが、もしあの折、わしが物分かりよく彼奴らの心を取ろうとすれば、彼奴らはどう思う。わしが、単なるお人よしの好々爺に成り下がったと思うだろう。そんな者の旗下に誰が集まるか。わしの毒が強ければ強いほど、彼奴らは吸い寄せられてくるのだ」

――そういうことであったか。

相手の立場と己の存在価値を熟知した信虎の人心掌握術に、信廉は戦慄した。

――やはり父は、わしなど手の届かぬ高みにいたのだ。

信廉は強い自己嫌悪に陥った。

「内藤、山県、馬場、春日らは、おぬし同様、武田家の中枢から外され、やがて淘汰《とうた》される。それゆえ、彼奴らは四郎を降ろし、おぬしを担ぎ上げることを考えただろう。しかし何ごとにも従順なおぬしが、叛乱《はんらん》を成就させ、武田家当主の責を全うできるとは、彼奴らも思うておらぬ。頭を抱えておったところに、わしが帰ってきたというわけだ。おぬしの背後にわしがおるとなれば、話は別だ」

「お待ち下され」

「彼奴らが、かつてのわしの重臣どもと同様の目に遭うのではないかと危ぶむ、と申したいのであろう。いかにもそうだ。気に入らぬことを申せば、この左文字で即座に斬り捨てるつもりだ。しかし彼奴らには、一つだけ利点がある」

「それは――」

「わしの年だ。ほどなくしてわしが死せば、彼奴らはわしの獲った天下を引き継ぎ、合議制を布き、傀儡《かいらい》としておぬしを祀《まつ》り上げるだけでよいからだ」

信虎が、岩塊のように突き出た額の下の瞳を爛々と輝かせた。

「いかにも、いつかはそうなるかもしれん。しかし、天下に旗を立てるまでは、わしは何としても生き抜いてみせる。死後のことは成り行きに任せるだけだ」

「は、はい」

図らずも首肯してしまった信廉は、事の重大さに気づき、懸命に拒否の言葉を探した。しかし魔に魅入られたがごとく、信廉の頭には言葉一つ浮かんでこない。

慌てる信廉の様子を楽しむかのように、信虎は話を続けた。

「武田家の力は、今が頂点だ。日本国開闢《かいびゃく》以来の強兵を、四郎のごとき表裏なき不器量者の手に委ねては、無駄に使いつぶすだけだ。この兵こそ、わしの手に委ねられねばならぬ。晴信に兵を養わせておったと思えば、三十二年など短いものだ」

信廉は信虎の大きさに圧倒された。

「さてと孫六、早速、仕事に掛かれ」

「えっ！」

驚いて腰を浮かせかけた信廉に、信虎が嘲るような眼差しを向けた。

「掛真だ」

「ああ、はい」

信廉が慌てて絵道具に手を伸ばした。

「われらの周りで目を光らせておる者らに、『逍遥軒様は、のんびりと信虎様の掛真を描いております』と告げさせねばならぬからな」

齢八十を超えたとは思えぬ信虎の呵々大笑《かかたいしょう》が、人気ない禰津屋敷に響きわたった。

五

茶釜から湧き上がる白い湯気が、様々に形を変え、中空に消えていった。

――わしもこの湯気のように、この世から鮮やかに消え去りたいものだ。

信廉がそう思った時である。

「魔に魅入られたようにございますな」

炭手前を終え、茶釜の湯加減を確かめていた小笠原慶安斎が言った。

その言葉に、信廉の肝が音を立てんばかりに縮んだ。

「何を申す」

「お顔に迷いの色が出ております。それがしのような老人には、顔色一つで何事も分かるものでございます」

湯の沸騰する音だけが、四畳に満たぬ茶室を支配していた。その静けさが、鋭利な刃物のように信廉の首筋に突きつけられる。

「やはり、法性院《ほっしょういん》様（信玄）の仰せになられたことは真でございました」

「どういうことだ」

「実は、お亡くなりになられる少し前、法性院様はそれがしを枕頭に呼び、ある一事を託されたのです」

「ある一事――」

「法性院様は仰せになられました。『孫六は必ずや父の毒気に当てられる。父は孫六を支配し、武田家を混沌《こんとん》に陥れるだろう』と」

信虎の件は、信玄と己の間だけの秘事であると思い込んでいた信廉にとり、一御伽衆にすぎない慶安斎が、死の直前、枕頭に呼ばれていたと知るのは、決して気分のいいものではなかった。しかし、次の言葉を聞いた時、信廉の心は平静を失った。

「法性院様は、それがしに逍遥軒様を託されました。すなわち、逍遥軒様が信虎様の毒気に当てられた折は、『殺せ』と」

常と変わらぬ小気味良い手つきで茶筅《ちゃせん》を使った慶安斎は、信廉の眼前に名物の天目を置いた。しかし、信廉は一指も動かせなくなっていた。

――この場で殺されるか。まさか茶に鴆毒《ちんどく》が――。

「ご心配は要りませぬ。それがしは『それだけはお引き受けしかねます』と、お断り申し上げました」

その言葉に安堵した信廉は、いささかも動じていないかのごとく、あえてゆっくりと天目を手に取った。そもそも殺しの命を受けたと告白した後で、毒の入った茶を差し出す馬鹿もいないからである。

「しかし、『それならば』と、法性院様は仰せになられました」

　再び黒雲のような不安が胸内から湧き上がってきた。

　懐に手を入れた慶安斎は、信廉の眼前に絵筆を示した。

「それは――」

　慶安斎が筆の頭を回すと、そこから細く鋭利な刃が現れた。

　仕込み刀である。

「武田家の御為《おため》とお心得下さい」

　――わしが父上を殺すのか！

　信廉は、兄信玄の置いていった重荷を背負うべき時が来たことを覚った。

「わしにはできぬ」

　そうは言ってみたものの、慶安斎がそれを許すはずがないことを、信廉は知っていた。

「真に申し上げにくき儀ではございまするが、このことは冥府だけでなく、府中表からも命じられております」

「釣閑か」

　慶安斎は何も答えなかったが、否定しないことがすべてを明らかにしていた。

「おぬしがやればよかろう」

　かろうじて声を絞り出した信廉であったが、慶安斎は冷ややかに首を横に振った。

「これは、逍遥軒様ご本人がやらねばならぬ仕事なのです」

――身の証を立てろということだな。

この仕事は、勝頼から突きつけられた生き残りの条件なのだ。

「しかも信虎様が、茶の湯や連歌を好まぬはご存じの通り。お側に寄れるのは絵筆を持つ者のみでございます」

――そういうことか。

「掛真の件は、おぬしが入れ知恵したのだな」

それには何も答えず、慶安斎は火かき棒を使い、燃え残った榾《ほた》を灰の下に埋めた。

「茶の湯を点《た》てた後に残った榾は、こうして埋めておくことが肝要。さすれば大事には至りませぬ」

慶安斎が意味ありげな笑みを浮かべた。

六

「これを見ろ」

信虎が投げ出した書状を見た信廉は息をのんだ。

「これは、血判状ではありませぬか」

「そうだ。甲斐におる末子の信友に取りまとめさせた」

そこには、内藤、山県、馬場、春日ら宿老全員の名が記され、それぞれの血判が捺されていた。続いて、その文面を読んだ信廉の顔から血の気が失せていった。

「これは――」

「わしの申した通りであろう」

あれだけの仕打ちを受けても、宿老たちは信虎を支持することで一致していた。

「おぬしには見えぬかもしれぬが、彼奴らには見えるのだ。武田家の末路がな。それゆえ一時《いっとき》の憎悪の情を捨て、わしに与することにしたわけだ」

「――」

「すべてはわしの申した通りに進んでおろう。これからも、それは続くのだ」

「しかし、それならばなぜ――」

これほど人の心の奥底まで読み取れる信虎が、その生涯で一度だけ犯した失策により、すべてを失ってしまったことが、信廉には不可解でならなかった。

「ああ、あのことか」

信虎が過去を懐かしむような目をした。

「あの頃はわしも若かった。わしは己を軍神だと思い、天下に覇を唱えるつもりでおった。ところが、宿老どもは様々に諫言し、わしの行く手を阻もうとした。それゆえ、わしは彼奴らを容赦なく斬り捨てた。遂には、わしを邪魔だてする者はいなくなった。しかし、わしはその隙を晴信に突かれた。わしは、晴信ではなく己の慢心に敗れたのだ。とは申してもな――」

信虎の面に、わずかながらも感情らしき色が差した。

「子を疑う親があろうか」

この時、信廉は殺意を見抜かれたと思った。しかし信虎は遠い目をして話し続けた。

「晴信はずっとわしを見ていた。そして、わしからすべてを吸い尽くした。わしの分身と化した晴信には、もはや付け入る隙はなかった。そこでわしは考えた。それならば、晴信より長く生きてやろうとな」

信虎の双眸《そうぼう》が不気味な光を放った。

「孫六、わしは死なぬぞ。天下に覇を唱え、武田家の安泰を見届けるまで、わしは決して死なぬ」

すでに天下を取ったがごとく、信虎が高笑いした。

「父上」

「何だ」

大きく息を吸い込んだ後、信廉は言った。

「掛真ができました」

「そうか、見せよ」

膝行した信廉が掛真を信虎に差し出すと、信虎の顔が不審げに歪んだ。

「これは、未完ではないか」

「はい」

「なぜにわしの目を入れぬ。わしには、何も見えておらぬとでも申したいのか！」

「父上の御目は、事が済んだ後、入れまする」

「事だと」

信虎が、ゆっくりと掛真から顔を上げた。

「父上、お許し下さい！」

そう喚《わめ》くや、信廉が信虎に抱きついた。

「あっ」

傍らに筆の先が転がると、同時に鮮血が迸《ほとばし》った。

「おぬしは、やはり愚かだった！」

「父上、こうするしかなかったのです」

「わしは、一度ならず二度までも子に殺されるのか」

信虎の苦笑いが耳元で聞こえた。

信廉は腕に力を込めて、信虎の肺腑《はいふ》を幾度も抉《えぐ》った。

「わしには見える。武田家が業火に焼かれて滅ぶ様が」

「父上、それがしにも武田家の行く末は見えております。父上は正しい。すべて正しゅうございます」

「それではなぜに」

「それは――」

すでに涙声となった信廉が答えた。

「それがしは孫六でしかないからです」

死体となった信虎がもたれかかってきた。その軽すぎる体を支えつつ、信廉は声を上げて泣いた。


信虎の死が伝えられるや、末子の信友が国外逃亡を図ったが、釣閑斎の派した追っ手に捕まり、幽閉された。しかし釣閑斎の追及も、宿老たちには及ばなかった。信廉により、すでに血判状が処分されていたからである。

ところがこの事件により、勝頼一派と宿老たちとの距離はさらに開いた。その結果、修復し難いほどの感情的対立が起こり、それが長篠で爆発した。

決戦か撤退かで決裂した勝頼と宿老たちの間には、すでに憎悪の情しか残されていなかった。その結果、宿老たちは勝頼への当てつけのような自殺的突撃を敢行し、日本国開闢以来の強兵を長篠の露と消えさせた。

それらの顚末《てんまつ》を、信廉は傍観者のように見ていた。むろん小笠原慶安斎から、信虎殺害の顚末は勝頼らに伝えられており、信廉の身は安泰だった。

七

木曾義昌謀反の知らせが届いたのは、天正十年一月末日であった。

──さもありなん。

この時、信廉は武田家の滅亡と己の死を覚悟した。しかし、誰よりも華々しい最期を飾ろうという信廉の決意は、いささかも揺らいでいなかった。それこそが、己の手で殺した父信虎への手向けになると信じていたからである。

二月七日、滝之沢城を落とした敵が、平谷口から伊奈谷に侵入を始めたとの報が大嶋城に入った。平谷口と大嶋城の間には、飯田・松尾両城があるため、すぐに敵がやってくることはないとしても、それほど遠くない先に、大嶋城が、業火に包まれて落城することは必定であった。

しかし翌日、驚くべき一報が入る。

大嶋城の前衛を担うはずの飯田・松尾両城が、戦わずして自落したというのだ。

信廉の女婿でもある松尾小笠原信嶺に至っては、敵方に寝返り、先手として伊奈谷を攻め上っているという。

それを聞いた大嶋城兵の動揺は大きかった。しかし一切の感情を面に出さず、泰然自若としている信廉に、城兵の動揺は収まり、逆に不退転の覚悟が醸成されていった。

このまま何も起こらなければ、大嶋城は相当の抵抗を示したはずである。

武田家が直面する切迫した状況とは裏腹に、本曲輪の裏から望む天竜川は、常と変わらず、ゆっくりと流れていた。

——この大河のごとく、永劫に続くかと思えた甲斐源氏も、いよいよ最後を迎えようとしておる。それを締めくくるのは、このわしなのだ。

信廉は、その魅惑的な結末に陶然となった。

——わしは、炎に包まれた大嶋城の本曲輪で腹をかっさばく。

信廉はその瞬間の到来を待ちわびた。

——甲斐源氏の末裔として、信玄の弟として、わしは己の名に恥じない最期を遂げる。わしの最期が見事であればあるほど、甲信の民は、武田家がいまだ侮り難いことを知り、忠節を尽くす。となれば武田家は、敵を弾き返すやも知れぬ。

そこまで考えた信廉は愕然とした。

信廉の奮戦と死は、すべて勝頼とその側近たちの存続につながるからである。
——何ということだ。わしは己一個が有終の美を飾ることだけを考え、最も大切なことを忘れておった。ここでわしが見事な最期を遂げることで利を得るのは、四郎一派だけではないか！

信廉は、手に持った青竹を地に叩きつけた。

——もし、わしが無様に逃げ出せばどうなる。伊奈谷の守りは崩壊し、それが武田領国全土に及ぶ。四郎や釣閑は戦うことすらできず、逃げ回った末、捕らえられて首を刎《は》ねられる。まさに、父上の申した通りのことが起こるのだ。

信廉はその様を想像した。それもまた魅惑的な結末に違いなかった。

——いや待てよ、それでは甲斐源氏の誉れは、わしの武名はどうなる。この城から脱しても、いつかは殺される。これほどの無様な死はないはずだ。後世の人は、わしが手ずから造った逆修位牌を指差し、嘲りの笑いを浮かべるだろう。そんなことに、わしは堪えられぬ。わしは——。

信廉は昂然《こうぜん》と胸を反らせた。

——甲斐源氏の末裔、信玄の弟、武田逍遥軒なのだ！

信廉の脳裏に、様々な情景が浮かんでは消えた。その大半は戦場のものであり、そこでの信廉は常に勇敢だった。そして思い出は、徐々に今に近づいていった。

——待てよ、父上はなぜ死んだのか。わしが殺したのか。いや、父上は慶安斎に殺されたのではなかったか。

信廉の脳裏に、信虎の腹に刃を突き立てる慶安斎の姿がまざまざと映った。

信廉の面に会心の笑みが浮かんだ。

西の山の端に日は沈みつつあった。眼下の河川敷では、尺木を積み上げ、幾重にも防柵を結う作業が続けられていた。諸所に据えられた篝火にも、灯がともされ始めている。

その時、背後の薄暗がりに拝跪《はいき》する人々がいることに、信廉は気づいた。

「慶安斎か」

「はっ」

「何用だ」

「お支度ができました」

「支度とな」

慶安斎の背後には、菅笠《すげがさ》に脛巾《はばき》を穿《は》いた旅姿の男たちが控えていた。

「これはいかなることか」

「お分かりでございましょう」

「わしにこの城を捨てろと申すか」

「いかにも。もはやご覚悟はできていると思うておりました」

「慶安斎、通じたな」

とがめるような信廉の口調に、慶安斎が失笑を漏らした。

「今更、通じたと仰せになられても――」

「父上を殺して未然に火種を断ち、わしにこの城を捨てさせ、武田家の瓦解を早める。それが成れば、相当の手柄になるな」

「いやいや、小笠原家が法性院様に奪われた領国の一部でも取り戻せれば、上出来でございましょう。これからの甲州征伐で功名を挙げられるお方が、織田家にはあまたおりましょうから」

「しかし、父上を生かしておいた方が、武田家中は混乱し、その瓦解は早まったのではないか」

「ははあ、いまだ、亡きお父上をお分かりになってはおられぬようですな」

慶安斎は呆《あき》れたように首を横に振った。

「右府様(信長)は、四郎様よりも信虎様を恐れておられたのです。信虎様帰還を聞いた右府様は、『かの老人がいる限り、容易には武田家に手出しできぬ』と嘆いておいででした。それゆえ、それがしが此度の策を申し上げたのでございます」

――そうであったか。

信廉は、慶安斎の手の上で踊らされていたことを知った。

「さあ、兵たちが騒ぎ出す前に、『城外巡視』とでも触れながら出かけましょう。潜伏場所には、すでにご息女様方もお着きでございます」

「何!」

信廉唯一の男子である信澄は、この時、すでに没していたが、武田家親類衆に嫁いでいた二人の女《むすめ》を、すでに慶安斎は人質に取っていた。

すべては周到に仕組まれていたのだ。

「四郎様滅亡後、逍遥軒様御一族の旧領は、安堵される手はずとなっております。逍遥軒様は何もご心配なさらず、すべて、それがしにお任せ下さればよいのです」

「女たちの命と旧領安堵を引き換えに、わしに甲斐源氏としての矜持《きょうじ》を捨てろと申すのだな」

慶安斎が失笑を漏らした。

「今更、何を申されます。父上をその手で殺し、長篠ではお味方大敗のきっかけを作ったお方が、甲斐源氏の矜持などと申されては、冥府のお父上や兄上も、腹を抱えて笑いましょう」

「えっ!」

信廉の脳裏に、現実がまざまざと映し出された。

——何ということだ! 父上はわが手によって殺されたのだ。

「己に都合悪きことを忘れようとするその病は、いまだ癒えておらぬようですな」

「父上のことは思い出した。しかし、長篠の一件は――」

「お忘れではありますまい。戦場《いくさば》から真っ先に逃げ出し、傍輩を見殺しにしたのは、ほかならぬ逍遥軒様ではありませぬか」

その瞬間、信廉の記憶が鮮やかによみがえった。


勝頼本陣に「二の先衆駆け入り」の旗が上がった。

信廉は、眼前で繰り広げられている死闘に今まさに加わろうとしていた。すでに内藤隊は瓦解を始め、敵方の陣前逆襲が始まっていた。ここで信廉隊が前進を始めないと、内藤隊が全滅することは必定である。

「本陣に旗が上がりました」

傍らに控える副官の日向玄徳斎が、促すように信廉を仰ぎ見た。

「分かっておる」

その時、百足の背旗を翻した騎馬武者が陣幕内に駆け入ってきた。

武者は騎乗のまま口上を述べた。

「御屋形様のお言葉をお伝えする。逍遥軒様は何を見ておいでか。すぐさま突入し、内藤隊を助けよ！」

それだけ言い残すと、武者は泥土を蹴立てて走り去った。

「逍遥軒様、さあ、お早く」

玄徳斎が強い声音で迫ったが、信廉は、根が生えたように床机に腰を据えたままである。

「いかがなされましたか」

「わしは――」

虚ろな目をした信廉が呟いた。

「わしは帰る」

「はっ、いま何と」

「わしは陣払いする」

「何を申されまするか！」

「わしは恐《こわ》いのだ。兄上なくして戦に勝てるはずがなかろう。やはり、わしは帰る」

引き鉦が鳴らされるや、信廉麾下《きか》の兵が崩れるように退却を始めた。小高い丘の上の勝頼本陣からは、愕然としてこの光景を見つめる影が、無数に見受けられた。

信廉隊が引くのを見た穴山信君隊も、つられるように撤退を開始した。続いて、武田信豊隊も押されるように引き始めた。この有様に気づいた戦闘中の部隊も崩れ立った。それを見た敵勢が、木柵を飛び出して追撃に掛かっている。すでに戦場は一方的な殺戮の場と化していた。

──わしは己の知らぬ間に偽りの記憶を創り、真の記憶を消し去っていたというのか。わしこそが武田家瓦解の因だったと申すか！

「さて、最後の仕上げにございます」

慶安斎がしたり顔で促した。

その指し示す先には、外から鍵のかかる駕籠《かご》が用意されていた。

──この駕籠こそが、わしにふさわしい器なのだ。

すべての思考を停止し、駕籠に身を入れようとする寸前、信廉はふと立ち止まった。

──この城を残していくのだな。

自らの作品を愛でるがごとく、信廉は城を見渡した。

信廉のための荘厳な棺であるべき大嶋城は、武田家の矜持を保つかのごとく、その威容を悠然と晒していた。

──しかしわしのような男に、この棺はふさわしくない。

空を見上げると、大きな雲が張り出していた。雲は風に乗り、形を変え、天を覆うばかりの巨大な龍に変化《へんげ》した。しかし、その瞳は白抜きとなっており、龍は何も見えないのか天空でもがいていた。

──待っておれ。

懐から絵筆を取り出した信廉は、天に向かい筆を掲げた。その様を見た慶安斎が、悲しげに目を伏せるのを気にせず、信廉は最後の筆を揮《ふる》った。

その瞬間、龍に命が宿った。

漆黒の瞳を得た龍は、狂ったように猛《たけ》るかに見えたが、周囲を見回し、怯《おび》えた顔をすると、萎えるがごとく地に落ちて消えた。

——これが、わしの真の姿だったのだ。

信廉はすべてを覚った。

——わしは、己にふさわしい最期を迎えねばならぬ。

肩を押されて身を入れた駕籠の中には、どこまでも深く暗い闇が横たわっていた。

温もりいまだ冷めやらず

一

一陣の風となって疾走してきた騎馬武者が、土煙を蹴立てて馬を止めた。

何事かと驚いた大手門の番役が、槍を交差させるよりも早く、蒼天《そうてん》を貫くばかりの大音声が轟いた。

「仁科《にしな》五郎！」

その顔を認めた番役二人は、慌てて槍を引き、左右に下がった。

馬を引いて門内に入った若武者は、進み出た小者に手綱を渡すと、大股で評定の場に向かった。

「お召し換えを用意いたしておりますが」

「要らぬ」

駆けつけてきた取次役の申し出を断った若者は、埃《ほこり》だらけになった木綿の肩衣《かたぎぬ》と泥痕の残る革袴のまま、渡り廊下を進んでいった。

天正九年（一五八一）二月、武田家の本拠・甲斐府中躑躅ヶ崎館《つつじがさきやかた》は極度の緊張に包まれていた。

「仁科五郎盛信《もりのぶ》、罷《まか》り越しました！」

「おう五郎」

広縁から名乗ると、眉間に皺を寄せ、何事か考え込んでいたらしき武田勝頼が顔を上げた。

「待っておったぞ」

勝頼の面が、一縷《いちる》の望みを見出したかのごとく輝いた。

仁科五郎盛信と名乗った若者は、己の座を見つけると、左右に分かれた諸将の間を進み、どっかとばかりに腰を下ろした。その際に撒き散らされた埃に、左右に座す者が顔をしかめても、盛信は気にするそぶりさえ見せない。

「周辺国衆の城を巡検しておりましたゆえ、召し状を受け取るのが遅れ、遅参いたしたこと、真にあいすみませぬ」

「気にするな」

勝頼は鷹揚《おうよう》な笑みを浮かべて盛信を許したが、盛信は顔を強張らせたまま、早速、口火を切った。

「御屋形様、聞きましたぞ」

「あのことか」

勝頼の顔が急に曇った。

「仁科殿、物事には順序というものがございます。ご意見は後ほど拝聴いたしますゆえ――」

議事進行役の長坂釣閑斎が盛信の発言を封じようとしたが、それを無視して盛信は膝をにじった。

「御屋形様、織田家に和談を持ちかけるなどもってのほか！」

「分かっておる」

この剛毅《ごうき》な弟には常に寛容である勝頼も、さすがに鼻白んだらしく、顔をそむけた。

「長篠の惨敗以来、われらが窮地に立たされておるのは、天下に隠しようもありませぬ。日に日に勢いを増す織田家に対し、われらは、これといった手を打つでもなく、領国を維持するのに汲々としておる始末」

「お言葉がすぎまする」

釣閑斎の制止を無視し、盛信が続けた。

「だからといって、こちらから和を請うては、武田家の名が廃ります る」

「とは申しても、かつては、信長の方から和を請うてきたではないか。何ら恥じることはない」

勝頼が、やや下膨れした頰を紅潮させて反論した。

勝頼の言う通り、天正五年（一五七七）十二月、手取川で上杉謙信に大敗を喫した信長は、謙信の上洛を牽制させるべく、一時の方便として武田家に和を請うてきた。しかし当時、北条家との攻守同盟により、長篠以後の退勢を挽回しつつあった勝頼は、これを無視した。

「それがしは、恥云々《うんぬん》を申しておるのではありませぬ。この雑説を伝え聞いた信濃や遠江の先方衆《さきかたしゅう》が、われらの傘下にとどまることに不安を抱き、敵方に通じることを案じておるのでございます」

先方衆とは、武田傘下に入った甲斐以外の地の国人や土豪のことである。

「仁科様、それはご本心から出たお言葉でしょうか」

意味ありげな顔をして、釣閑斎が口を挟んだ。

「何を申すか」

「仁科様は、和談の使者として、源三郎《げんざぶろう》様が信長の許に遣わされることを、案じておるのではありますまいか」

「それは――」

図星を指された盛信が口ごもった。

源三郎とは、織田信長五男・御坊丸《ごぼうまる》のことである。

元亀三年（一五七二）、御坊丸は美濃遠山家に養子入りし岩村城にあったが、武田家宿老・秋山虎繁の攻撃により岩村城が陥落した折、生虜になり甲斐府中に送られた。わずか八歳の御坊丸は、それ以後、十年にわたり躑躅ヶ崎館にとどめ置かれた。

むろん武田家では、こうした折の慣例に倣い、御坊丸を丁重に扱い、同世代の武田家子弟と同等に武芸や学問を学ばせ、分け隔てなく育ててきた。

七歳ほど年上の盛信とは、とくに昵懇《じっこん》の間柄となった。

この頃、すでに御坊丸は元服も済ませ、織田源三郎勝長《かつなが》と名乗っている。

「いかにも、困難な計策（外交）には違いないが、事ここに至らば、源三郎を頼るほか手はないのだ」

勝頼が苦衷をにじませつつ言うと、釣閑斎も身を乗り出した。

「この計策を進められるのは、源三郎様を措いて、ほかにおられぬのです」

かつて、信長からの和談要請を無視した勝頼は、翌天正六年（一五七八）、謙信の死とともに勃発した御館《おたて》の乱に介入し、外交的失策から北条家との同盟を破綻させた。これにより四面楚歌《しめんそか》となった武田家は、この苦境から逃れるため、時を稼ぐ必要があった。

「お待ち下され」

盛信が板敷きを叩いた。

「源三郎を織田家に使者として送り出すということは、源三郎に死ねと命じるのと同義。それでは源三郎が、あまりに不憫《ふびん》とは思いませぬか」

「仁科殿はご存じないのですね」

釣閑斎の冷たい声が響いた。

「このことは、源三郎様ご本人からお申し出になられたのです」

愕然とした盛信が勝頼を仰ぎ見ると、その青白い顔がゆっくりと上下した。

「源三郎を呼べ」

勝頼の命により、次の間に控えていた源三郎が現れた。

遠山家の丸に二つ引き両の家紋をあしらった花浅葱《はなあさぎ》色の素襖《すおう》に半袴姿の源三郎は、匂い立つような若武者に成長していた。男くさい評定の間に、ひとひらの花が咲いたかのような、あでやかな雰囲気が漂った。

――これが源三郎か。

半年ぶりにあい見える源三郎は、かつて残していた幼さの衣を脱ぎ捨て、天女のように美しくなっていた。その剃《そ》り上《あ》げられた月代《さかやき》は白百合《しらゆり》のように透き通り、その切れ長の瞳から発する艶麗な光は、盛信ならずとも、居並ぶ者たちを陶然とさせた。

「五郎様、お久しゅうございます」

「こ、これは源三郎、久方ぶりだな」

透き通るほど白いうなじを見せて平伏した源三郎は、勝頼の次の言葉を待つがごとく押し黙った。

「源三郎、織田家との和談の使者は、おぬしから申し出たのであろう」

「はっ、間違いありませぬ」

「源三郎、なぜに――」

驚く盛信を尻目に、源三郎がその薄紅色の小さな口を開いた。

「五郎様、事ここに至らば、それがし一個の生死など、お考えめさるな」

「しかし、信長の許に帰れば、おぬしは殺されるぞ」

「仰せの通り、織田家に戻って和談の仲立ちなどいたそうとすれば、それがしは斬られるやも知れませぬ。しかし、たとえ殺されようとも、父と面談が叶えば、それがしは言葉を尽くして父を説きまする」

「とは申しても」

「万が一、和談がうまく進めば、それがしが両家の紐帯《ちゅうたい》となり、永劫に両家が誼を通じ合えるよう、身を粉にして働く所存でございます」

源三郎は真剣だった。盛信にも、その決意のほどがひしひしと伝わってきた。

――源三郎は、おつやの方の後を追うつもりなのではないか。

遠山景任《とおやまかげとう》夫人のおつやの方は、信長の叔母にあたる。信長は、武田家と国境を接する岩村遠山家を忠実な境目国衆とすべく、自らの叔母を室に送り込み、さらに、自らの五男・御坊丸を養子として入れた。

夫である遠山景任の死後、御坊丸を養育しつつ、女城主として岩村城を守っていたおつやの方であったが、元亀三年（一五七二）、武田方の秋山虎繁の猛攻に耐えかね、城を明け渡し、虎繁の側女《そばめ》とされた。おつやの方は、御坊丸の一命を救うのと引き換えに、泣く泣く虎繁の側女となることを承諾したという。

ところが、この話を聞いた信長は激怒した。いかなる経緯《いきさつ》があるにしても、織田弾正忠家の血を引く者の一人が、敵方の一将の側女とされたのだ。

天正三年（一五七五）五月、長篠で武田勢を完膚なきまでに破った信長は、十一月、岩村城に攻め寄せ、虎繁を降伏に追い込んだ。降伏条件が二人の助命だったにもかかわらず、信長は二人を長良川河畔に引き出し、磔刑《たっけい》に処した。

信長にとり、おつやの方こそ、この世から真っ先に葬り去りたい汚点だったのだ。甲斐府中でこの話を伝え聞いた源三郎は、父信長に対して抜き難い恨みを抱くようになった。

源三郎の不退転の覚悟を知り、肩を落とした盛信に、勝頼のいたわりに満ちた言葉が聞こえた。

「五郎、わしとて源三郎が気がかりだ。しかし、われらが窮地に立たされておるのも事実。ここは、源三郎の働きに賭けてみたいと思うのだ」

「御屋形様」

盛信が威儀を正した。

「分かりました。それがしが浅慮でありました」

「分かってくれればそれでよい。出立は明後日だ。明日一日、名残を惜しむがよい」

勝頼の言葉には、これが今生の別れになるに違いないという意が含まれていた。

憂いを含んだ視線を盛信に注ぎつつ、源三郎が下がっていった。

釣閑斎により、議題は次の懸案に移っていったが、もはや盛信の耳には何も聞こえていなかった。

二

仁科五郎盛信は、弘治三年（一五五七）に信玄の五男として生まれた。天文十五年（一五四六）生まれの勝頼とは十一歳違いの別腹弟である。母は油川《あぶらかわ》氏の女《むすめ》で、同腹兄弟には、信玄五女の松姫《まつひめ》、六男の葛山十郎信貞《かつらやまじゅうろうのぶさだ》、さらに上杉景勝に嫁いだ六女の菊姫がいる。

盛信は初め晴清と称したが、信濃国安曇郡の名族仁科氏の名跡を継いだのを機に、仁科五郎盛信と名を変えた。その幼少時代を仁科氏の本拠である森城で過ごした後、いったん甲斐府中に戻され、天正九年（一五八一）初頭、勝頼により高遠城代に任命された。

幼い頃に仁科家に養子入りしたため、父信玄の謦咳《けいがい》に触れる機会に恵まれなかったのは、兄勝頼と同じだが、盛信は、勝頼以上に信玄の資質を受け継いでいるというのが、もっぱらの評判だった。

初春の穏やかな日差しを浴びて、馬に乗った二つの影が、河畔の堰堤《えんてい》を疾走していた。菜の花の咲き乱れる笛吹川の河川敷に乗り入れた二騎は、申し合わせたように馬を止めた。

「源三郎、わしは――」

「何も、何も申されますな」

源三郎の切れ長の瞳はすでに濡《ぬ》れていた。盛信が跳ぶように馬を下りると、源三郎も遅れじと続いた。灌木《かんぼく》の枝に手綱を絡めた二人は正面から向き合った。

「五郎様」

「源三郎」

もどかしげに歩み寄った二人は、筋張った手でお互いの肩を摑むと、菜の花の中に、もつれるように倒れていった。

事が済んだ後、菜の花の海に横たわり、二人は空を仰いでいた。

「源三郎、行ってしまうのだな」

「はい、決意は変わりませぬ」

身づくろいする衣擦《きぬず》れの音とともに、情事の余韻を残した艶《なま》めいた声が聞こえた。

「どうしても行くのか」

「五郎様、それ以外に武田家を救う道はありませぬ」

源三郎同様、盛信にも十分にそれは分かっていた。

「もう会えぬだろうな」

「そんなことはありませぬ。両家のあつかい（和睦）が成った後、それがしは、再び証人（人質）として武田家に戻るつもりでございます」

「和談が不調に終わればいかがいたす」

「それは――」

いったん口ごもった源三郎は、思い切るように言った。

「父の許を脱し、武田家に帰参し、御屋形様や五郎様と共に父と戦いまする」

「それを本心から申しておるのか」

「いかにも。わが父信長は、それがしを育ててくれた義母上の仇。それだけでなく、囚われの身のそれがしを、長きにわたり厚く遇していただいた武田家の御恩は決して忘れませぬ。それがしは、永劫に武田家中のつもりでございます」

「そうか」

盛信の胸に万感迫るものがあった。

「しかし――」

源三郎の長いまつげが悲しげに震えた。

「あつかいが不調に終わり、それがし一身で甲斐に戻っても、武田家にとって何の力にもなりませぬ」

「そんなことはない。おぬしが無事に戻ることが、何よりも大切なのだ」

「いえ、武田家のためを思うなら、父と刺し違えるくらいの覚悟が要りましょう」

「やめておけ」

盛信が即座に首を振った。

信長暗殺を図るべく潜入させた間者や透破《すっぱ》によると、信長周辺の警固は厳重すぎるほど厳重で、遠目でその姿を見ることさえ叶わないという。ただでさえ警戒されている源三郎が、信長に近づき一太刀見舞うなど、困難を通り越して不可能であった。

それを告げると、源三郎の美しい顔が悲しげに歪んだ。

「それならば、いったん織田方に帰参したと見せかけ、わが手勢もろとも――」

「そんなことができると思うか」

盛信が苦笑いを浮かべた。

「おぬしに与えられる兵は、すべて信長の息がかかった者どもだ。しかもおぬしを監視すべく、軍監が付けられるはずだ」

「しかし武田家を救うためには、軍監を欺かねばなりませぬ」

「それはそうかもしれぬが、欺くのは容易でないぞ」

「それがしが五郎様の攻撃に呼応して寝返れば、織田勢は壊乱し、父の首を落とせるやも知れませぬ」

「とは申しても――」

「いざ戦となれば、兵たちは敵も味方も分からず、将の下知に従います。軍監とて戦場《いくさば》が混乱すれば、それがしばかりにかかずらってはおられぬはず」

「いかさま、な」

「将が惣懸りを命じ、先頭をきって打ち掛かれば、兵も続くものでございましょう」

「いかにも、兵とは将の軍配に従うものだからな」

源三郎の懸命な言葉を聞いているうちに、盛信もその気になってきた。

「切所《せっしょ》でおぬしが叛旗《はんき》を翻せば、信長はたいそう泡を食うだろうな」

「はい、越前討伐の折と同様な仕儀にあいなりましょう」

元亀元年（一五七〇）、越前の朝倉義景《あさくらよしかげ》討伐に赴いた信長は、背後を固めていた義弟の浅井長政に裏切られ、危機に陥ったことがある。

「しかし五郎様、身内同然とは申せ、それがしは、武田家の城郭配置や籠城戦となった折の調儀を教えられておりませぬ。それさえ分かれば、いかようにも策を立てられるのでございますが」

半身を起こした源三郎が唇を嚙んだ。

「分かった」

盛信も半身を起こした。

「それが分かれば、戦場で連絡が取れずとも、どこに陣を布くかで、意を通じさせられると申すのだな」

「はい」

粗朶《そだ》を拾った盛信は、地面に図を描きつつ伊奈谷全域の防衛構想を語った。

「織田方は木曾口と下伊奈口から同時に攻め寄せるだろう。いずれにしても、高遠で敵を食い止めねばならぬはずだ」

「となると、高遠城での籠城戦は必至でございますな」

「ああ、しかも木曾谷には福島城と鳥居峠（藪原砦《やぶはらとりで》）、伊奈谷には松尾、飯田、大嶋といった堅城が居並んでおる。これらで敵を漸減できれば、高遠が囲まれるまでに、織田方は相当に疲弊しておるはずだ」

「そこを突けば、敵を弾き返すこともできまするな」

「むろんだ」

二人はあれこれと意見を戦わせた。

「戦場を知らぬおぬしのことだ。おそらく、後備《うしろぞなえ》に置かれるであろう」

「はい、城に籠る五郎様と陣後方に置かれるそれがしの間で、労せずして挟撃態勢が布けましょう」

「そうだな、そのためには――」

盛信が図の一点を指し示した。

「高遠城の北西二里に箕輪城という捨城がある」

「そこに陣を布けと仰せか」

「うむ、そこなら後詰には絶好の位置だ。われらが、箕輪城に向けて敵を追い散らせば
――」

「飛んで火に入る夏の虫と」

笑みを浮かべて地面に描かれた図をのぞき込む源三郎の白い襟足には、えもいわれぬ色香が漂っていた。盛信は、再び本能が頭をもたげるのを感じた。

「分かりました。それでは、それがしの旗が箕輪城に翻りましたら、五郎様は高遠城を打ち出《い》でて、箕輪城に向けて敵を追い散らして下され。五郎様の軍勢が見えましたら、それがしは合図旗を押し立て、先頭を走ります」

「分かった。それを合図としよう」

「腕が鳴りますな」

その台詞《せりふ》とは裏腹な愛らしい笑顔を、源三郎が見せた。

「ところで、肝心のそなたの旗印はいかがいたす」

少し考えた末、源三郎が言った。

「遠山家の裏家紋である九字格子ではいかがでしょう」

「分かった。裏家紋なら右衛門も使うまい」

右衛門とは、信長に従い攻め寄せるであろう苗木遠山家の当主友忠のことである。

「面白いことになりそうですね」

「信長の慌てる顔が見えるようだ」

二人が声を上げて笑ったその時、近くで人の気配がした。

「何奴！」

身を翻した拍子に抜刀した盛信は、河原に通じる葦《あし》をかき分けつつ走った。その先を、獣かと見まがうばかりの速さで、何かが逃げていった。しかし、俊敏なことにかけては盛信も余人にひけをとらない。あっという間にその獣に追いつくと、襟首を摑み、その場に引き倒した。

眼前に十歳ほどの少年が震えていた。その手には、川魚を捕る扇網が握られ、その腰には、竹魚籠《たけびく》が提げられている。

「川狩（川漁師）か」

「は、はい」

少年はほどよく川焼けしていた。川焼けとは、水面の反射光により顎の裏まで黒々と焼けている様をいう。それが、武士や農民の焼け方とは異なる点である。

──少なくとも、間者ではなさそうだ。

少年の顎に手を当て、盛信が川焼けを確認した。

ここ数年、武田領国内には、織田や徳川の間者が頻繁に侵入するようになっていた。捕らえればその場で斬り捨てるよう、勝頼から通達もあった。尋問のため下手に引っ立てようとすると、隙を見て逃げ出すからである。

「おぬし、今の話、聞いたな」

「いえ──、はい」

少年は地に這《は》いつくばって震えていた。間者ではないとしても、話を聞かれたとすれば殺さねばならない。

「かわいそうだが、これも運命《さだめ》と思うてあきらめよ」

「どうかご慈悲を」

少年は泣きながら命乞いしたが、盛信は容赦なく背後に回った。

「ひと思いに殺してやる。しばし辛抱しろ」

「南無阿弥陀仏……」

少年は、震える手を合わせて念仏を唱え始めた。

盛信は呼吸を整えると、太刀を頭上に構えた。

川面《かわづら》の反射光に白刃がきらめき、双腕の筋が盛り上がる。

その時、身づくろいを調えながら源三郎が追いついてきた。

「何をされておるのです！」

「この小僧に、われらの話を聞かれた」

気組みを外された盛信が緊張を解いた。

「とは申しても、十にも満たぬ川狩の子ではありませぬか」

「見逃せと申すか」

「はい、この場は慈悲の心をもって、この者の命をお救い下さい」

「ならぬ」

「明日はわが門出。それを血で汚したくはありませぬ」

「とは申しても話を聞かれたのだ。斬らねばなるまい」

その時、源三郎の憂いを秘めた眼差しが盛信の瞳を射た。片頬に笑窪《えくぼ》を作り、思わせぶりに首を傾けるその仕草は、盛信に甘えたい時のものである。しかも、その白絹のような肩を半ばまであらわにしている。

「おぬしの願いだ。致し方ない」

盛信が太刀を下ろすと、少年はほっとしたようにその場に突っ伏し、しゃくりあげ始めた。その瞳からは、止めどなく涙が流れている。

その真に迫る様子に、盛信は、少年が玄人でないことを確信した。

「此度ばかりは見逃すが、この事は他言無用ぞ」

「はい」

「他言すればこうなる」

盛信が刀を一閃《いっせん》させると、何かが宙を飛んだ。

「ぎゃっ」

少年が頭を押さえて尻餅をついた。

頭頂に結ばれた髷《まげ》が落とされ、少年はザンバラ髪となっていた。

「早く行け」

源三郎に促された少年は、脱兎《だっと》のごとく河原を駆け去っていった。

「おぬしには勝てぬな」

盛信が苦笑すると、源三郎が身を寄せてきた。

「お名残、惜しゅうございます」

源三郎の白魚のような指が、赤銅色をした盛信の胸をまさぐった。盛信が、あえて荒々しくその頰に手を当てると、源三郎は切なげに息をあえがせつつ、その白面をやや上に向けた。

「吸ってほしいか」

「――」

「吸ってほしければ、そう申せ」

「は、はい、吸ってほしゅうございます」

その薄紅色の唇に吸い寄せられるように、源三郎の口を吸った盛信は、その細い肩を抱き、再び菜の花の海に身を横たえていった。

三

その翌日、勝頼や盛信と別れの盃を交わした源三郎は、躑躅ヶ崎館の門前で、親しい人々に最後の別れを告げた。

皆に再会を誓った後、源三郎は皆の背後でうつむく盛信の前に立った。

「五郎様、武運長久をお祈りいたしております」

「おぬしもな」

「ご恩は生涯、忘れませぬ」

二人にだけ分かる微笑を交わすと、わずかに源三郎の頬が赤らんだ。

盛信は抱き締めたい衝動をかろうじて抑えた。

形見の品として盛信に渡されたのは、源三郎が書き写した千部経であった。その筆遣いは繊細そのもので、源三郎の人柄をよく表していた。

「これほどのものをいつの間に――」

盛信の武運長久を祈り、源三郎は千部経の書写をしていたのだ。

――それほどまでに、わしのことを思うていてくれたか。

盛信は唇を噛んで嗚咽を堪《こら》えた。

別れを惜しむ間もなく、源三郎は春の涼風の中を西に去っていった。

自室に引き取った盛信は、周囲に誰もいないことを確かめると、声を上げて泣いた。形見の千部経に頬ずりすると、焚《た》きしめた香の薫りと共に、源三郎の匂いがした。それを胸腔《きょうこう》いっぱいに吸い込んだ後、思いを断ち切るように千部経を手文庫にしまった。

多忙な日々の合間を縫い、盛信は源三郎の安否を気遣った。しかし、透破や商人《あきんど》筋を使い、手を尽くして探っても、いっこうに源三郎の消息は摑めなかった。処刑されたという風聞もなかったが、消息が全く途絶えたことが、盛信を不安にさせた。

処刑したのなら、見せしめのために内外に喧伝《けんでん》するのが信長のやり方である。それがないということは、源三郎はどこかで生きているに違いないと、盛信は信じようとした。

いずれにしても信長は、源三郎の言に耳を傾けなかった。

それを裏付けるように、武田家から出された和談要請は信長に無視され、織田家と武田家の関係は悪化の一途をたどっていた。

高遠城で普請作事の陣頭指揮を執っていた盛信の許に、織田・徳川両勢が国境に集結しつつあるという報が届いたのは、天正十年（一五八二）の正月過ぎだった。

「いよいよでございますな」

普請現場を見回ってきた小山田備中守昌成《おやまだびっちゅうのかみまさなり》は、盛信の書院に入ると、幅広の苧屑頭巾《おくそずきん》を取って汗をぬぐった。そののんびりした仕草は、初老の平百姓かと見まがうばかりだ。

盛信には、そうした昌成の落ち着きぶりが、何にも増して頼もしかった。

小さな背を丸め、昌成は、さもうまそうに白湯《さゆ》を喫している。

――わしの至らぬところを、小山田一族はよく補ってくれている。

昌成と共に、その弟の大学助昌貞《まささだ》や嫡男昌盛《まさもり》が、経験不足の盛信をよく守《も》り立《た》ててくれていた。

「仁科様、透破によると敵は万余の大軍とか。これは、単なる様子見や手合わせではありませぬ。敵は、われらを本気で攻め滅ぼすつもりのようでござる」

割れ茶碗を置き、手巾で口をぬぐいつつ昌成が言った。

「望むところだ。われらの日頃の鍛錬のほどを見せてくれるわ」

「ははは、仁科様は、いつも威勢がいい」

昌成が布袋のような頬を震わせて笑った。

「わしが威勢よくせんと、兵が意気消沈してしまうからな」

「ご安心めされよ。敵がいかに大軍であっても、これほどの城に拠れば、いかようにも戦って見せまする」

昌成は籠城策に自信を持っていた。というのも石田小山田家は、その父玄怡《げんい》以来、攻城戦と籠城戦の戦術策定を専らとしてきた家で、昌成もその道の熟達者だったからだ。

「仁科様、この備中、おそらくこれが最後の戦となりましょう。それをこれだけの城で飾れるとは、武士《もののふ》冥利《みょうり》に尽きまする」

「やはりおぬしは、死地を求めてきたのだな」

「申すまでもなきこと」

数年前に隠居していた昌成であったが、武田家の危機に際し、最後の奉公とばかりに復帰し、激戦が予想される高遠城入りを望んだ。むろん勝頼に異存はなく、昌成とその一族は勇んで高遠にやってきた。

「その最後の戦を、いかに戦うかだが――」

「調儀（戦術）はそれがしにお任せ下され。仁科様は、皆の心を一《いつ》にすることにご専心下され」

「うむ、それはそうだが――」

源三郎との秘策を語るか語るまいか迷う盛信に、ようやく昌成も気づいた。

「何かお心に引っかかりでもおありか」

「実はな」

盛信は源三郎との秘策を明かした。

「これだけの城に拠りながら、出戦《でいくさ》なさると仰せか」

昌成が唖然として問い返した。

「うむ、籠城戦だけでは敵を弾き返せぬ。武田家の衰勢を一気に挽回するためには、出戦で敵を完膚なきまでに叩くほかない」

「それは道理でござるが――」

「何も一《いち》か八《ばち》かの出戦を仕掛けるわけではない。こちらには、源三郎との連携という秘策がある。これを使わぬ手はない」

「それは心得違いと申すもの」

昌成はその頬に浮かんだしみを恥じることもなく、盛信に顔を近づけた。

「戦の宛所（目的）とは、一時《いちどき》に勝つことにはありませぬ。戦とは、敵に対していかに優位を獲得するかにあります」

「孫子だな」

幼い頃から聞かされてきた孫子の教訓を、盛信は思い出した。

「いかにも。往古より、戦に勝つことだけを目指した将が、覇を唱えたことはありませぬ。それは、唐国《からくに》の項羽の例《ためし》を引くまでもなきこと」

いったん白湯で舌を湿した昌成は、さらに勢い込んで続けた。

「多くの将は、勝ちたいあまりに一時の勝ちを目指し、後図《こうと》の勝ちを図りません。その点、法性院様（信玄）は違いました。法性院様は、たとえ間違いなく勝てると踏んでも、引くべきところは引かれ、七分の勝ちでご満足なされた。それこそは、天下を狙う将の戦というべきでございましょう」

昌成が遠い目をして言った。

「法性院様は仰せになられました。『弓箭《きゅうせん》取様のこと、押し詰めて能《よ》く思案工夫を以《も》って位詰めにし、心長《うらなが》く後図の勝ちを肝要にすべし』と」

敵を追い込んだら、様々な策を用いて、さらに窮地に追い込み、気長に構え、戦わずして勝つことを考えるべしという意である。

その言葉が盛信の心にずしりと響いた。

「仁科様、出戦をすることは、後図の勝ちを図ることにはなりませぬ」

「――」

「お考え下され。もしも飯田・松尾・大嶋諸城が落ちたならば、われらは何としてもこの城で敵を押しとどめねばなりませぬ。一時の華々しい勝ちよりも、この城を守り抜くことで、武田家の勝機が見えてまいります」

「おぬしは、出戦で勝てると分かっていても籠城を勧めるのか」

「いかにも。たとえ一時の勝ちを得ても、たかだか三千の兵力では、敵を粉砕撃滅するには至りませぬ。態勢を整えた織田勢は、やがて押し返してまいりましょう。ここでわれらが取るべき策は、この地に敵を釘付《くぎづ》けにし、時を稼ぐことなのです」

あたかも信玄が乗り移ったかのごとく、昌成が力説した。

「ここで時を稼ぐことで、敵方に厭戦《えんせん》気分が漂い、味方の士気は騰《あ》がります。一時の大勝よりも、兵を損じず粘り強く戦うことが、後図の勝ちにつながるのです」

「しかし、それも兄上の後詰あってのものであろう」

「いかにも。御屋形様が駆けつけた時にこそ、われらそろって城を討ち出で、敵を完膚なきまでに叩きのめすべきなのです」

「兄上が来なかったらどうする」

「それは――」

昌成の面に不安の色がよぎった。

かつて勝頼は、遠江国の要衝・高天神城を見殺しにした。城に籠る将兵は兵糧攻めに遭い、万事休した挙句、城を打って出て全滅した。

――あの時、兄上が高天神城を見捨てていなければ――。

盛信は、ここまで武田家が追い込まれることはなかったと信じていた。しかも勝頼は、今は韮崎を最終防衛線と想定し、すべての財と労力をそこにつぎ込もうとしている。気づいてみれば高遠城は、絶対防衛圏の外郭という位置に置かれていたのだ。

「兄上とて、甲斐国と高遠を天秤《てんびん》には掛けられぬ。どちらかとなれば、捨てられるのは高遠なのだ」

「それでは、仁科様は御屋形様（勝頼）よりも源三郎様を信じると仰せか」

「そうは申しておらぬが――」

「源三郎様のお言葉を信じ、出戦を仕掛け、敗れた時はいかがなさるご所存か。この城に籠れば、少なくとも一月《ひとつき》は敵を押しとどめられまする。その間に御屋形様は相州（北条氏政）と手打ちし、反撃態勢を整えるやも知れませぬ。しかし出戦をして敗れれば、この城は一日ともちませぬ。さすれば、御屋形様は計策により時を稼ぐこともままならず、そのままずるずると敗勢を挽回できず、呆気なく最期を迎えることになりましょう」

勝頼の継室である桂《かつら》姫は北条氏政の妹である。甲斐府中ではその手筋を使い、懸命な外交交渉が続けられていた。この頃になり、武田家が消滅することで、信長の脅威が直接、及ぶことを危惧した北条家中の親武田派の動きが、ようやく活発化してきた。すなわち、武田家が粘り強く戦うことで、東方から武田領国に攻め入るはずの北条家の鋭鋒《えいほう》が鈍り、やがて、なし崩し的に手を組むことも考えられるのだ。

高遠城の戦い方次第で、武田家の命運が決するのは明らかだった。

「分かった」

盛信が首肯した。

「策は籠城としよう。しかし」

「しかし——」

「兄上が高遠を見捨てることが確実となれば、わしは源三郎に賭けてみたい」

「分かりました。この備中、その折は先手を務め、真っ先に敵中に駆け入りましょう」

その覚悟のほどを示すかのごとく、昌成が力強くうなずいた。その面には、先ほどまでの農家の好々爺然とした趣は一切なかった。

四

高遠城の西端にある新館曲輪《にいたちくるわ》には、新館様と呼ばれる信玄五女の松姫がいる。盛信と母を同じくするこの四歳違いの妹は、すでに出家して信松尼《しんしょうに》と名乗っていた。

松姫は薄幸の女性であった。

永禄十年（一五六七）、七歳の松姫は十一歳の織田信忠と婚約させられた。信玄と信長の間で調えられた政略結婚である。ところが、しばらくして両家の関係は険悪となり、この縁談は立ち消えとなった。

信玄の死後、松姫は父への当てつけのように出家得度し、盛信が高遠城主となったのを機に、高遠城内に住むようになった。

山本勘助が普請に携わったという伝説から、後に勘助曲輪と呼ばれるようになる新館曲輪からは、三峰川の流れが見渡せる。とくに、崖際に建てられた松姫の小庵からの眺めは絶景であった。

松姫と共に、盛信は小庵の花頭窓から、その末枯《うらが》れた風景を眺めていた。

「明日はいよいよ出立だな」

「はい」

尼姿の松姫が寂しげにうなずいた。

「この城を出ることに、よくぞ同心してくれた」

「それが兄上のお望みとあれば、私に異存はございませぬ」

数日前、盛信はこの城で共に死ぬことを望む松姫を説き伏せ、脱出を納得させた。

「此度の戦で、われら兄弟がそろって死せば、武田家の菩提を弔えるのはおぬししかおらぬ。分かってくれ」

信玄の息女は七名いるが、一名の夭折を除き、それぞれ他家に嫁いでおり、武田家にとどまっているのは松姫だけだった。武田家が滅亡した後、その菩提を弔えるのは、僧籍に身を置く松姫を措いてほかになかった。

途切れがちな話題も尽き、盛信が腰を上げようとした時、松姫が言った。

「敵の寄手大将は秋田城介様と聞きました」

織田家の甲州攻めの総大将は、秋田城介こと信長嫡男の信忠に決まったという雑説が、武田家中にもすでに流れてきていた。

「そのようだな。信長でなくて残念だ」

一つ間違えば義弟になったかもしれない信忠が攻め寄せてくることに、盛信も因縁めいたものを感じていた。しかし、松姫の口から出た次の言葉は、盛信の予想もしないものだった。

「源三郎様も参られる気がいたします」

「なぜにそう思う」

「右府様（信長）が源三郎様のお心を試すには、甲州攻めは絶好の機会」

松姫が悲しげに目を伏せた。

「いや、源三郎は僧として修行させられておるはずだ」

「いいえ、きっと参られます」

「どうして分かる」

「それは、女子《おなご》にしか分からぬことです」

「そうか」

盛信は、それ以上、問う気にならなかった。しかし、何か期待を含んだ胸騒ぎがしたことも確かである。

三峰川に差していた夕日もいよいよ陰り、川のせせらぎだけが闇の中から聞こえていた。

「兄上は幸せです」

松姫がぽつりと言った。

「人の一生は短い。命を懸けて好いたお方に出会えるのは、容易なことではありませぬ」

――好いた相手か。

人の生涯とはその長さによるものではなく、いかに命を燃やせるものに出会えたかにあるのだと、盛信も思うようになっていた。

――松は、命を懸けて好くほどの相手に出会えなかった。

盛信は、女人として生きることのできなかった松姫が不憫でならなかった。しかし仏門に入った今、それを言ってもどうにもならない。

「松、息災でな」

座を払おうとした盛信の背に、なおも松姫の声が追いすがってきた。

「しかし、人の心ほど移ろいやすきものもありませぬ」

「――」

「兄上のお心は永劫に変わらずとも、源三郎様のお心は——」

松姫の言いたいことは十分に分かっていた。

「源三郎に限って、そのようなことはない」

「松もそれを願っております」

「明日は見送れぬ。おそらく、これが今生の別れとなる」

「お名残、惜しゅうございます」

万感の思いを断ち切るように、盛信は後ろ手で襖を閉めた。

五

正月末日、信じ難い雑説が飛び込んできた。

「木曾義昌謀反」

織田・徳川両勢の侵攻が近いことは、分かってはいたものの、信玄の女《むすめ》を娶っている親類衆の木曾伊予守義昌が、戦わずして敵に通じるとは、盛信はもとより、武田家の誰もが想像だにしないことだった。

しかし盛信は「さもありなん」とも思っていた。それというのも、木曾家からは、盛信にも後詰要請が来ていたからである。

――むろん高遠城を守るだけの兵力も足らず、周辺支城を放棄せねばならない現状では、盛信としても、木曾谷に兵を送るなど考えも及ばないことだった。

――彼奴は、母と子二人を府中に証人として預けておる。かわいそうなことになるな。

他家の事情など推し量る術もなかったが、武田領国の西端に位置する木曾家が、想像を絶する重圧の下《もと》で、身の振り方を決めたことは確かだった。

――いずれにしても、これで木曾谷からやってくる敵は無傷のままだ。

敵が高遠城に至る前に、木曾一族が、何がしかの痛手を与えてくれるのではないかという期待も、これで潰えた。

事ここに至らば、近隣の国衆や土豪に高遠入城を促し、外郭の普請作事を急がせることが、盛信にできるすべてだった。

二月はじめ、春日、福与、箕輪、宮所などの支城を焼き払わせた盛信は、自らの麾下にある国衆とその寄子の地侍たちを高遠城に入城させた。

しかしその数は、仁科勢を合わせても三千余にすぎない。

「兄上は何をしておる」

高遠城がいかに堅城でも、これだけの兵力で籠城戦を戦い抜くのは至難の業である。城に入らずとも、勝頼率いる後詰勢が近くにいてくれてこそ、城兵の士気は騰がり、籠城戦を戦い抜くことができるのだ。

むろん義昌謀反の報は、すでに勝頼にも届いているはずであり、木曾谷攻略部隊はほどなくしてやってくるものと、盛信は信じていた。

それを裏付けるように、勝頼と盛信の従兄弟にあたる武田相模守信豊率いる先手衆三千が、木曾征伐に赴いてきた。しかし信豊は、伊奈と木曾を結ぶ鳥居峠を占拠するでもなく、山麓の奈良井宿に駐屯し、勝頼の後詰を待っている。

すでに木曾義昌の離反が確実な今となっては、鳥居峠の占拠が何よりも急務であるにもかかわらず、信豊は侵攻をためらっていた。

盛信は切歯扼腕《せっしやくわん》した。

——典厩《てんきゅう》(信豊)殿は、地勢が分かっておらぬのだ。鳥居峠を先に押さえられては、取り返しがつかぬことになる。

それを信豊に伝えても、信豊からは、「御屋形様からの指図ゆえ」という返事が返ってくるだけだった。

二月二日、一万五千の軍勢を率いた勝頼が、ようやく韮崎新府城を出陣したという知らせが届いた。木曾義昌謀反の確報が新府城に届いてから、すでに八日も過ぎており、遅きに失した感があるのは否めない。

翌日、茅野上原城に入った勝頼に、奈良井から撤退してきた信豊も合流した。

信豊は詰問使を送り、義昌に真意を質していたというが、結局は、のらりくらりとかわされただけで、時間ばかりを浪費することになった。

その間に、木曾義昌勢とそれを支援する遠山友忠勢は鳥居峠を占拠し、その中腹にある藪原砦の構えを堅固にするための普請作事に邁進《まいしん》していた。

すべては後手に回った。

鳥居峠が敵手に落ちたという報は、武田方を動揺させた。とくに、松尾、飯田、大嶋と続く武田家の伊奈谷防衛線を守る諸将にとっては、深刻な事態だった。というのも、鳥居峠から侵入した織田勢により、万が一、高遠城が落とされれば、高遠以南の伊奈谷諸城への甲斐本国からの後詰の望みがなくなり、落城は必至となるからである。それが、北の一方からしか後詰を送れない伊奈谷の地勢上の弱点であった。

それを知る織田方も、木曾・遠山両勢の一部を経ヶ岳東麓の箕輪辺りまで出没させ、高遠城をさかんに牽制させた。

その動きに惑わされた勝頼は、木曾谷から鳥居峠を越え、敵主力がやってくるという可能性を捨て切れず、下伊奈に差し向ける予定でいた後詰勢の出発を遅らせた。

ところが二月六日、織田勢主力は、武田領国南西端の下伊奈平谷口から侵攻を開始した。しかもそれは、多方面同時侵攻作戦の一つにすぎなかった。

信長の戦略は、織田家主力勢三万を率いた嫡男信忠を下伊奈口から、徳川家康三万を駿河口から、北条氏政三万を関東口から、金森長近《かなもりながちか》三千を飛騨《ひだ》口から武田領国に同時侵攻させることにより、武田方の守備兵力を分散させ、各個撃破を図るというものである。

その日のうちに、伊奈谷の入り口にあたる滝之沢城と吉岡城を守る下條一族を屠った織田勢は、十四日には松尾城、十五日には飯田城を戦わずして自落させ、奔馬のごとく伊奈谷を駆け上っていた。

それでも、下伊奈防衛の最大拠点・大嶋城が敵を防いでいる間に、鳥居峠から木曾・遠山両勢を追い落とし、返す刀で大嶋城の後詰に駆けつけるという勝頼の作戦は、この時点では間違ってはいなかった。

しかしこの頃には、高天神城なき後の遠江国唯一の拠点・小山城も自落し、勝頼は、駿河戦線の維持にも兵を回さねばならなくなっていた。

翌十六日、今福筑前守昌和率いる鳥居峠攻略部隊三千が上原城を後にした。同時に、高遠城からは盛信の手勢千八百も出陣した。二つの部隊が連携して鳥居峠を奪取しようという作戦である。

しかし、作戦は早々に齟齬《そご》を来した。盛信の派した軍勢が雪に行く手を阻まれ、到着が遅れている間に、今福勢が単独で鳥居峠を攻め上ったのだ。果敢な攻撃を仕掛けた今福勢であったが、将領格四十余騎、雑兵も含めれば五百七十余騎を討ち取られ、峠から追い落とされた。

勝頼にも盛信にも、この結果は全くの想定外だった。木曾家や遠山家といった国衆の軍勢に、武田家の精鋭が打ち破られるなど、信じろという方に無理がある。

実は、木曾・遠山両家には、信長から多数の鉄砲が配されており、それを侮ったのが敗因だった。

同日、さらに驚くべきことが起こった。大嶋城に拠る信玄の弟・武田逍遥軒信綱こと武田信廉が、城を捨てて逃げたのだ。

大嶋城は、高遠城と並ぶ武田家の伊奈谷防衛線の要として、武田流築城術の粋を尽くした無類の堅城である。戦わずして城を捨てるなど、武田家中の誰一人として想像だにしていなかった。

為す術もなく、武田家は瓦解の道をひた走っていた。どこかで、それを押しとどめる必要があった。武田家中の期待は、盛信と高遠城に集まりつつあった。

十九日、盛信の許に遠候（長距離の斥候）が戻り、驚くべき雑説を伝えた。

「森武蔵守長可勢が塩尻《しおじり》峠を越えて、深志《ふかし》表《おもて》（松本平《まつもとだいら》）に向かいました。その後方には、見慣れぬ旗が――」

「その旗印は」

「互い違いの格子と見受けました」

――あっ！

やはり源三郎は来ていた。

「となると、鬼武蔵（森長可）らは深志に向かったと申すのだな」

小山田昌成の問いに遠候が首肯した。

「深志表が危うい。おぬしはすぐに上原城に赴き、御屋形様にこのことを伝えよ」

「はっ」と答えるや、遠候が板敷きを鳴らして駆け去っていった。

武田家の信州戦線の一翼を担う深志城には、長篠に散った猛将・馬場信春の息子の民部少輔が入っていた。その周囲には、林大《はやしだい》、林小《はやししょう》、桐原《きりはら》、埴原《はいばら》、山家《やまべ》等、屈指の堅城が、深志城を守る盾のごとく立ちはだかっており、本来であれば、容易に攻略できる地域ではない。しかし、その守備兵力はとっくに間引かれており、これらの城は無力化されていた。すでに深志一帯も、勝頼らの後詰なくして維持することは困難となっていたのだ。

翌日、深志城が開城し、降伏した民部少輔が斬られたという報が入った。勝頼の送った横田尹松《よこたただとし》と多田治部右衛門《ただじぶえもん》に率いられた後詰勢が塩尻峠に着いた頃には、すでに決着がついており、横田らは空《むな》しく上原城に戻ったという。

高遠城北方の深志方面まで敵に押さえられ、高遠城は東方を除く三方を、敵に囲まれる形になった。しかも松本平制圧は、源三郎の手により行われたというのだ。

――源三郎の本心が分からぬ。

盛信の心は乱れた。

高遠城にとっての唯一の恃みは、上原城にとどまる勝頼主力だけである。しかし、茅野から諏訪を経由して、難所の杖突峠《つえつきとうげ》を越えて高遠に達するには、単騎でもない限り三日はかかる。不安を感じた盛信は、勝頼に再度の後詰勢派遣要請を送った。

深志城が落ちたと同じ十九日、駿河国西部の最前線拠点となっていた田中城が落ちた。翌日には、駿府が占拠されたが、江尻《えじり》城の穴山信君は、何をするでもなく傍観していたという。

二十五日、信君の手勢が甲斐府中に侵入し、府中町衆に預けられていた己の人質を奪還したという報が入った。信君が敵に通じたのは明白である。同時に、北条家も駿河国駿東《すんとう》郡《ぐん》への侵攻を開始したという知らせが届いた。様子見していた北条家が、武田家の急速な瓦解を目の当たりにして、慌てて参戦したのだ。

二十五日から二十七日にかけて、武田家は駿河の諸城をことごとく失い、瞬く間に駿河一国が敵手に落ちた。

そして二十八日、盛信の許に勝頼から書状が届く。

一読した盛信が苦笑しつつ、それを昌成に示すと、さすがの昌成も絶句した。

「これは——」

「後詰の望みが絶たれたということだ」

盛信は天を仰いでため息をついた。

その書状には、「穴山勢離反のため上原城を退去し、新府城に籠る」と書かれていた。

新府城の傍らを流れる釜無川は、下流で笛吹川と合流して富士川となり、そこには駿州往還（河内路）という陸路も通じている。確かに、そこを徳川勢と穴山勢に攻め上られれば、勝頼は本拠を失い、上原城で滅亡を待つほかなくなる。

諏訪周辺を捨てて甲州を守るという判断は、勝頼の立場に立てば、至極、妥当なものであった。このまま上原城に居続ければ、甲斐国東部の郡内小山田勢、上野国の真田勢とも分断されてしまう。そうなってしまってからでは、もしもの場合の逃走路さえ失うことになりかねないのだ。

それを十分に知る盛信であったが、これにより、高遠城が見捨てられたこともまた事実であった。

「われらは捨てられたのだな」

「いかにも」

昌成が、無念やる方なしといった様子で肩を落とした。

「御屋形様が高天神を見捨てられた時、武田家の瓦解は始まりました。御屋形様はそこから何も学ばず、また高遠を見捨てられた。これでは国衆どころか、重代相恩の直臣までもついてきませぬ」

「われらだけで、後詰なき籠城戦をいかに戦い抜くことができようか」

「それは、やってみねば分かりますまい」

「粘り強く戦えば、まだ勝機が見出せると申すか」

「いかな大軍であっても、これだけの堅城を容易に抜くことは叶いませぬ。われらがここで腰を据えて籠城戦を戦い抜くことにより、御屋形様が駿河戦線を立て直し、駆けつけてくることもございましょう」

それが万に一つもないことを、昌成も十分に分かっているはずである。

「そうなればよいのだが」

「心を一にし、城を堅固に守ることで、必ずや活路を見出せましょう」

「分かった。源三郎もおらぬとなれば、それ以外、道はなさそうだな」

盛信が苦笑まじりのため息を漏らした。

六

高遠にも春がめぐってきた。厳しい冬に堪えた草花も芽吹き、城の周囲は、春を謳歌《おうか》するがごとき小鳥のさえずりに満たされていた。

そうした自然の営みとは裏腹に、三月一日、高遠城に最後の時が迫っていた。無傷で伊奈谷を北上してきた織田勢が、高遠城を包囲したのである。

寄手大将の織田信忠から送られてきた降伏勧告状を突き返した盛信の心は、死を覚悟した者だけが感じることのできる清明な静寂に包まれていた。

——やはり、源三郎は来ておらぬようだな。

物見によると、包囲陣に九字格子の旗は見えないという。

盛信は一抹の寂しさを感じていた。源三郎が心変わりしていようがいまいが、源三郎にできるだけ近くで、己の最期を看取ってほしいという思いがあったからである。

しかし、深志一帯を押さえる役割の源三郎が、高遠包囲陣に加わるはずはない。

盛信は、源三郎との連携作戦が水泡に帰したことが無念である反面、源三郎が危険な橋を渡らず済んだことに安堵もしていた。

——源三郎は何とかしようとしたのだ。しかしそれは叶わなかった。後は、織田家の一将としての源三郎の武運を祈るまでだ。

「御免」

襖の向こうから昌成の声が聞こえた。

「入れ」

入室してきた昌成の顔には、何か吹っ切れたような色が浮かんでいた。

「いかがいたした」

「旗が揚がりました」

「旗と」

「はい、箕輪の捨て城に九字格子の旗が――」

「あっ」

盛信が思わず腰を浮かしかけた。

「それがしは、これを握りつぶそうかと迷いました。しかし、後詰なき籠城戦の先は見えております」

「そうか、よくぞ知らせてくれた」

盛信の胸が高鳴った。

「無念ではございますが、ここは出戦に勝る策はございませぬ」

「そう申してくれるか」

籠城戦の完遂を唱えてきた昌成が、信念を曲げて決意してくれたことが、盛信にはうれしかった。

「ただし、彼我の兵力差を考えれば、闇雲に駆け入っても、押し包まれて殲滅されるだけ。ここは策を籠城と見せかけ、まずは敵に打ち掛からせてから、隙を見ての陣前逆襲が妥当かと」

「うむ、それはいい」

盛信は浮き立つ心を抑えかねた。

「いったん、われらの守りの弱さを見せつければ、敵は功を焦って仕寄るはず。しかも、敵大将が城介とあらば、陣頭に立つは必定」

あたかも戦場の様が目に浮かんでいるかのごとく、昌成が語った。

「出戦にも勝算はあるのだな」

「勝算の如何《いかん》よりも、出戦を仕掛けて城介の首を獲るほか、われらに残された道はありませぬ」

昌成は恬淡《てんたん》として言いきった。

「しかも、これだけ早くお味方が崩れ立てば、城兵たちの士気を保つのは容易でありませぬ。籠城戦は士気の高さあってのものでござる」

すでに高遠城内にも、疑心暗鬼の種は芽生え始めており、城に籠る伊奈衆と諏訪衆の間では、些細《ささい》な喧嘩が絶えなかった。こうした反目だけならまだしも、籠城戦に望みがなくなれば、脱出する者や内応する者が出てくることも考えられる。城兵の心が一つのうちに、乾坤一擲《けんこんいってき》の勝負を懸けるべきだった。

「しかし、出戦の成否は源三郎様のお心次第」

「源三郎が変心いたしたと申すか」

「それを否とは、誰も申せませぬ」

昌成の危惧は尤もだった。

——源三郎とて己はかわいい。しかも信長についていれば、先々の地位は約束されたも同じだ。もしわしが源三郎の立場であらば、このまま織田の一将として生きようと思うやもしれぬ。

そこまで思い至った時、盛信の心から迷いが消えた。

——わしは源三郎を裏切らぬ。源三郎も、わしを裏切るはずがない。

盛信が意を決するように言った。

「備中、わしは源三郎を信じたい」

「御意」

頭頂の禿げ上がった白髪頭を上下させると、昌成は諸将を集めるべく出ていった。

軍議の場でも出戦に反対する者はいなかった。諸将も、後詰なき籠城戦に勝機を見出しにくいと思っていた矢先である。華々しく散華することで、せめて後世の語り草にしてほしいと願うのは、武士《もののふ》として至極、尤もなことであった。

布陣は以下のように決まった。

大手方面は、西から飯嶋為方《ためかた》（伊奈飯嶋城主）、春日河内守《かわちのかみ》（伊奈春日城主）、小幡因幡守《おばたいなばのかみ》、原隼人佑貞胤《はらはやとのすけさだたね》、渡辺金太夫《わたなべきんだゆう》、羽桐九郎治郎《はぎりくろうじろう》（佐久内山《さくうちやま》城主）、今福筑前守。搦手《からめて》には、小山田大学（備中守弟）、諏訪頼豊・頼清兄弟が配された。小山田昌成父子五百は浮勢として、いつでも出撃できる態勢を整えておく。

対する織田勢三万も、搦手を攻める滝川一益《たきがわかずます》勢を除く全軍を城の大手側に集結させていた。織田方の布陣は、月蔵山《がつぞうざん》を背にして、西から小笠原信嶺、河尻秀隆《かわじりひでたか》、毛利長秀《もうりながひで》、団忠正、その背後に信忠の本陣が置かれ、その後備《うしろぞなえ》に森長可、さらにその背後に、九字格子の旗が揚がっていた。

『甲乱記』によると、小山田昌成が「我も人も今日を限りの命なれば、城構も用心もいらざることにて候」と言ったとされる。「どうせ皆、今日限りの命なのだから、城もその守りに回す兵も要らない」という意である。

出戦の勝機は薄い。しかし城方は、あえてそれをやろうというのだ。

決戦の機は熟した。

『高遠記集成』によると、三月二日の丑《うし》の刻（午前二時頃）、小笠原、河尻、毛利、団の諸勢一万が北方から迂回《うかい》し、三曲輪の東門に攻め掛かり、水野勝成を将とする七千は三曲輪の西にある大手口に攻め寄せた。また、滝川一益に率いられた五千が三峰川の対岸の瀬戸村から白山を越え、勝間村を経て三峰川を渡り、法憧院《ほうどういん》曲輪に攻め掛かったという。半ば予期されていたとはいえ、三万の軍勢による三方面同時攻撃が始まった。

ほぼ無傷で高遠までやってきた織田方の士気は、極めて旺盛だった。

夜空には、耳をつんざくばかりの無数の筒音がこだまし、月光によるわずかな視界さえも、硝煙によって遮られるほどである。

本曲輪に設えられた本陣には、使者がひっきりなしに入り、攻防の状況を伝えてくる。そのどれもが、味方の劣勢を伝えるものばかりである。

——敵を十分に引きつけるのだ！

槍を取って駆けつけたい衝動を、盛信は抑えていた。

「仁科様、城介殿の腹には、癪《しゃく》の虫がおると聞きます。必ずや堪え切れず、己の手勢を率いて城に打ち掛かるはず。ここは我慢比べでございまするぞ」

傍らに控える昌成が耳打ちした。

「大手門炎上！」

「東門から敵の侵入が始まりました！」

「法憧院曲輪が危うし！」

次々ともたらされる知らせは、味方にとって不利なものばかりであった。

確かに、小山田隊五百を諸口に回しておけば、これほど容易に劣勢に陥ることはないはずである。しかしこの五百の精鋭こそ、乾坤一擲《けんこんいってき》の逆襲を掛けるための虎の子の部隊として、ぎりぎりまで温存しておく必要があった。

その時、全身に矢の刺さった使番が駆け込んできた。

「織田中将の馬標が大手門際に揚がりました！」

——来た！

盛信が傍らを見ると、すでに昌成は兜を手にしていた。

「よろしいか」

「むろんだ！」

「小山田隊出陣！　目指すは秋田城介の首一つ！」

まさにこの一瞬こそ、浮勢《ふぜい》を投入するに絶好の機会だった。

堪《こら》えていたものが溢《あふ》れ出《だ》すがごとく、城内に歓声が渦巻いた。それが怒濤《どとう》のような鯨波となり、本曲輪から二曲輪へと伝播《でんぱ》していった。

——城介、覚悟せい！

盛信は、血がにじむほど唇を嚙んだ。

『信長公記』には、この時の信忠の活躍が「中将信忠御自身、御道具（武器）を持たせられ、先を争って塀際へ付けられ、柵を引き破り、塀の上へ上がらせられ（後略）」と描かれている。

小山田隊による陣前逆襲が始まった。常であらば、ひるんだ敵を追い落とすために使われる戦法だが、この場合は、まさしく逆転を期した最後の勝負である。

『甲乱記』によると、小山田昌成が五百の精兵を率いて大手から突出し、「敵を右往左往させ、四角八方へ切りて廻《まわ》った」とある。

『高遠記集成』によると、若い信忠が味方を督戦すべく城近くまで進んできたところを、昌成は「丸備え」という陣形を作り、ひたすら信忠の首だけを求めて駆け入ったという。

寄手は功を焦り、攻城陣形などあってなきようなものだった。信忠馬廻衆を含めた全軍が横一列の平寄せの陣形で、城に攻め掛かっている最中である。こうした場合、陣形が縦深とならず、崩すのは容易である。

大手門前で踏みとどまっていた織田勢が瞬く間に崩れ立った。この様を見た信忠馬廻は慌てふためき、信忠を担ぐようにして退却に移った。

鬼神のごとき形相で先頭を駆けつつ、昌成は味方を叱咤した。

「目指すは城介の首一つ！　皆の衆、死ねや、死ね！」

事前に入手した雑説によると、信忠は黒馬に紅の房を掛け、白地に金襴《きんらん》を廻した母衣《ほろ》には、虎の顔を描かせているという。そのことが雑兵にまで伝えられていた小山田隊は、全軍、気狂いしたかのごとく信忠の姿を求めて駆け回った。

「丸備え」の陣形を保ったまま、小山田隊は鏃《やじり》のようになって信忠の後を追い続けた。織田勢は諸所で分断され、合戦は大逆転の様相を呈し始めた。

「そろそろ行くか」

盛信にも出陣の時が訪れつつあった。三曲輪まで進んだ仁科隊三百は、昌成からの知らせを待った。この盛信馬廻と城内の防衛に当たっていた傘下国衆の残存部隊五百余だけが、残された兵力のすべてである。

——源三郎、待っておれ。

盛信は、信忠の首を掲げて微笑む源三郎の姿を夢想した。

その時、百足衆の一騎が戻ってきた。

「織田勢は箕輪城目指し潰走中！」

「よし、分かった！」

軍配を握る盛信の手が汗ばんだ。気づくと、いつの間にか朝日が昇っていた。夜から朝への移り変わりにも気づかぬほど、盛信は戦局の推移に集中していたのだ。

次々と届く知らせは作戦の成功を物語っていた。

すでに敵は、大手門前からも逃げ散り、折り重なった屍だけが、曙光《しょこう》に照らされている。

「申し上げます」

続いて、小山田隊の背旗を差した使番が駆け込んできた。

「九字格子の旗が動きました！」

「いよいよ動いたか」

盛信が床机を蹴って立ち上がった。

「よし、全軍出陣！」

裂帛《れっぱく》の気魄が盛信の全身に漲《みなぎ》った。武田家の衰勢を挽回する千載一遇の機会が遂に訪れたのだ。

——父上、ご覧《ろう》じろ！

盛信の軍配が振るわれる度に、飯嶋隊、渡辺隊ら、城の守りに当たっていた残存部隊が、出陣していった。そしていよいよ、盛信馬廻が出陣しようとした時である。

「あっ、あれは——」

大手門に向かって、雪崩を打って味方が押し寄せてきた。その背後からは、織田勢が迫っている。

——まさか！

いくつもの矢を身に受け、満身創痍となった昌成が戻ってきた。すでに兜はなく、髻も外れ、白髪頭を振り乱している。

「いったいどうしたのだ！」

「無念」

馬を下りた昌成が、盛信の馬前に拝跪した。

「やはり源三郎様は——」

それに続く言葉を聞かずとも、盛信には、すべてが分かった。

胸底から万感の思いがこみ上げてきた。

「あと一歩で城介の後ろ髪に手が届かんとしたところで、九字格子の旗が動きました。馬上、それがしは歓喜に咽《むせ》びました。しかしその旗は、われらに打ち掛かりました」

すべてを覚ったがごとく北西の空をねめつけた盛信が呟いた。

「わがこと、終われり――」

それは生涯の終焉と同時に、己を支えてきた最も大切なものの喪失を意味した。

「さて、かくなる上は、すべて手仕舞《てじま》いとし、最後の盃を酌み交わしましょうぞ」

茫然とする盛信を促し、小山田備中父子、同大学、原隼人、春日河内ら生き残った将士たちは本曲輪に向かった。

戦はいったん小休止となっていたが、攻城陣形を整えた敵が再び仕寄ってくるのは、時間の問題である。

最後の酒肴《しゅこう》が調えられる中、盛信の感情は、あきらめから怒りに変わりつつあった。

「備中、このままでは無念だ。せめて源三郎の首を挙げたい」

「何を申されます」

昌成は笑みを浮かべていた。

「大将と申すは士卒に戦をさせ、窮まれば、尋常に御腹《おなか》を召されるものでございます」

「それは分かるが――」

「しかし」

　ふと何かに気づいたように昌成が言った。

「確かに九字格子の旗は見えましたが、源三郎様のお姿はなく――」

「何！」

「しかも、仁科様の申されたように、九字格子の旗は、陣頭には高く掲げられておりませなんだ」

「それは真か！」

「少なくとも、それがしの目には入りませんでした」

「そうか」

　――それがしは合図旗を押し立て、先頭を走ります。

　源三郎の言葉が思い出された。

　――ああ、そうであったか。

　盛信は膝を打つと、安堵したような笑みを浮かべた。

「分かった。さすが信長、われらの策を逆手に取ったのだ。信長の策に掛かったは真に無念だが、源三郎は裏切らなかったのだ」

　盛信は、心の中が澄みわたっていくように感じた。

　懐に手を入れた盛信は、形見の千部経を手にすると、大切そうに頭上に掲げた。

「これで思い残すことはない」

「それは何よりでございます」

昌成が力強くうなずいた。

寄手の攻撃が再開された。すでに大半の将兵が討ち死にを遂げている城方は、さしたる抵抗も示せず、敵を城内に入れた。これにより容易に三曲輪も落ち、いよいよ攻防は二曲輪に絞られてきた。

盛信らは本曲輪の櫓上に登り、盃を酌み交わしていた。

『甲陽軍鑑』によると、戯言《ざれごと》などを言いつつ、七、八杯も飲んだところで、盛信が大笑し、「今までの酒宴の中でも、今日のものはひとしお面白い。何か肴《さかな》はないものか」と問うと、すかさず昌成が、「ここにいい肴がござる」と言いつつ腹をかき切った。盛信はそれを見て喜び、「これは珍しい肴だ」と言うや、自らも腹を十文字に切り下げたという。

仁科五郎盛信、享年二十六。

七

「城介様も酷《ひど》いことをなされますな」

「これも右府様の命だ。致し方あるまい」

翌朝、森長可と河尻秀隆の二人は、連れ立って箕輪城からさほど遠くないところにある豪農屋敷の門をくぐった。その広い敷地内にある土蔵の前に立った二人は、番役に開錠を命じた。

「埃っぽいですな」

先に中に入った長可が咳払いすると、秀隆も顔をしかめた。

「こんなところに半刻もおれば、胸が悪くなってしまうわ」

戯言を言いながら、二人は道具類をかき分けつつ奥に進んだ。

二人の向かった先には、後ろ手に縛られ、大きな櫃《ひつ》に鎖でつながれた一人の男がうずくまっていた。二人が来たことに気づかないのか、男は膝の間に頭を埋めたままでいる。

「源三郎様」

秀隆が、かがみこんで男の肩を揺すった時だった。

突然、男が秀隆の首に嚙みついた。

「何をなされます！」

慌てて長可が間に入った。

「危ういところだった」

首筋に当てた秀隆の手巾が、瞬く間に朱に染まっていく。

「いい加減になされよ！　肥前殿（秀隆）が深手を負うたら、軍監のわしも腹を切らねばならぬのですぞ！」

長可が声を荒らげた。

「この表裏者め！」

口端から血を滴らせた源三郎が、憎悪に燃えた瞳を向けた。

「表裏者は、どちらでござろうか」

秀隆がやれやれといった様子で、ため息をついた。

「心底から織田家に服したかのように装い、上様から一字書き出しまでいただき、信房と名を変えた上、甲州攻めへの参陣を望み、その言葉通り、深志城攻めまで本気で行うとは。真説を摑んでおらなかったら、城介様のみならず、われらの首も高遠城の大手門前に晒されているところでござった」

首が胴についていることを確かめるかのように、長可が己の首を撫《な》でた。

「おのれら、よくも謀《たばか》ったな」

うなり声を上げつつ源三郎が身をよじったので、鎖の音が激しく鳴った。

土蔵の唯一の明り取りである格子の付いた鎧戸《よろいど》に止まっていた小鳥たちが、かまびすしい啼き声を上げつつ逃げていった。

「父や兄は、わしの本心を初めから知っておったのだな」

「はい、それゆえ城介様は、源三郎様が戻られると、即座に斬れとご命じなされましたが、右府様は『それならば、その策を逆手に取れ』と仰せになられました」

「わしを泳がせ、われらの策を逆手に取るとは。何という卑怯《ひきょう》！」

「卑怯はどちらでござろうか！」

雷鳴のような怒声を上げる長可をなだめつつ、首筋に手巾を当てた秀隆が顔をしかめた。

「できる限り兵を損じず、堅城を落とすことを考えるは、兵家の常でござろう」

「やはり、あの川狩の小僧は間者だったのだな」

源三郎が、その美しい白面を幽鬼のように歪ませた。

「そう聞いておりますが」

「無念だ」

がっくりと首を垂れる源三郎の気持ちを逆撫《さかな》でするように、秀隆が言った。

「源三郎様のおかげで、城方は出戦を仕掛けてまいりました。それゆえ、この堅城を一日で落とすことが叶いました。これにより、四郎は韮崎で防戦態勢を整える暇もなく、東方に落ち延びるしか手はなくなりました」

「これは、たいした功名でござるぞ」

長可も皮肉な笑いを浮かべたが、源三郎は、何も聞いていないかのごとく問うた。

「仁科様はいかがいたした」

「今頃は、冥土への途次でござろう」

「ああ……」

無念の涙を流す源三郎を、二人は哀れみをもって見つめた。

「ただ――」

秀隆がため息混じりに言った。

「われら二人の判断で、九字格子の旗を陣頭に掲げることだけは控えました」

「何――」

長可が秀隆の話を引き取った。

「源三郎様の本意が武田方に伝わらずば、あまりに不憫と肥前殿も申すので、武士の情けとして、それだけは控えました」

「おそらく、本意は伝わったものと思われまする」

秀隆が「心配無用」とばかりにうなずいた。

「そうか」

源三郎の顔が一瞬、明るんだように感じられた。

「源三郎様、われらはこれから甲州征伐に向かいまするが、右府様の命により、源三郎様は京に召還され、妙覚寺で蟄居《ちっきょ》となります」

「その前に、せめて仁科様の首の前で詫びを入れさせてくれ」

「仁科殿の首は、右府様の御高覧に供すため、すでに飯田城に運ばれました」

「ああ――」

源三郎が尾を引くような嗚咽を漏らした。

顔を見合わせた二人は、配下に命じて源三郎を外に引き出した。

「申し訳ありませぬが、妙覚寺に着くまで、こちらに入っていただきまする」

二人が外から鍵の掛かる輿に源三郎を導くと、すでに気力も失せ果てたがごとく、源三郎は黙って身を入れた。

二人が見送る中、源三郎を乗せた輿は、ゆっくりと西に去っていった。

この三月後、本能寺の変が起こり、信長、信忠とともに源三郎もこの世を去る。

信忠の宿泊所となった妙覚寺にいた源三郎は、己から死地を求めるがごとく明智《あけち》勢に斬り込み、討ち死にを遂げたと伝わる。

表《ひょう》裏《り》者《もの》

一

その男は、すべてを己の意のままに動かそうとする者特有の、他を圧するような雲気を発していた。

かつて同じ雲気を発していた男を、穴山信君《あなやまのぶきみ》は一人だけ知っていた。

――わが義父・武田信玄もそうであった。

それを確かめようと、上目遣いに信君が男を見た時だった。

男と目が合った。

慌てて目を伏せる信君の心中を見透かしたかのごとく、男が言った。

「わしが恐いか」

信君が応じるよりも早く、傍らの男が口を開いた。

「右府様の威に、畏れ入っておりましたる次第」

「三河殿、貴殿に問うたのではない」

「ははっ」

棘《とげ》のある口調で指摘された小太りの男が、慌てて青畳に手をついた。その振動が信君の指先まで伝わってきた。

——わしは、かような男の下風に立たされておるのだ。

信君は、三河殿と呼ばれた男の卑屈な態度を嫌悪した。

「穴山殿、右府様からのご下問であるぞ」

三河殿こと徳川家康が、肘でつつかんばかりに耳打ちした。

「ははっ」

信君が何と答えようか迷っていると、右府様と呼ばれた男が再び口を開いた。

「おぬしの命は金二千枚か」

上段の間から下りてきた右府様こと織田信長は、信君が献上した甲州金の前にしゃがみ、そのいくつかを手に取った。

甲州金は、すべて四匁《よんもんめ》の太鼓判に統一して鋳造してきたため、手の平で弄びやすい。

信長は、そのいくつかを摑むと、一尺ほどの高さから水でも注ぐように落とした。静寂に支配された安土城《あづちじょう》本曲輪御殿に、神経を逆撫でするような、じゃらじゃらという音が響いた。

「これだけあれば、四郎もまだ戦えたであろうにな」

自らが滅ぼした武田勝頼に、信長が同情しているのは明らかだった。

信君は、剃り上げられた頭頂から冷や汗が吹き出てくるのを感じた。

「おぬしらが、そろいもそろって表裏者でなかったら、わしは今頃、高遠辺りで城介（嫡男信忠）を怒鳴りつけておったはずだ」

信長の甲州征伐は完璧の一語に尽きる戦いだった。伊奈谷南西端の平谷口から侵入した信忠に率いられた織田勢は、瞬く間に南信濃を席巻《せっけん》、その勢いで甲州に攻め入り、一月足らずで勝頼を自刃に追い込んだ。

それというのも、武田家重臣や有力国衆が、競うように織田方に寝返ったためだった。とくに、勝頼の片腕と目されていた信君の離反の影響は大きく、以後、防衛の要となるべき各地の拠点城でも自落逃散が相次ぎ、勝頼は戦うどころではなくなった。

「楽な戦をさせてもらって礼を申さねばならぬは、こちらの方だがな」

皮肉な笑みを浮かべつつ座に戻った信長は、脇息に身をもたせ掛けると言った。

「三河殿、見事な調略であった。此度の戦いを勝ち抜いても、わが兵が傷ついては面白くない。三河殿が穴山殿を味方に付けたことが、何にも増して大きかった」

「ははっ」

衣擦れの音を派手にさせ、家康が大げさに平伏した。

負けじとひれ伏す信君に、信長が再び笑いかけた。

「いずれにしても、見事な変わり身の早さであったな、穴山殿」

「はっ」

「まさか武田の血が最も濃きおぬしが、四郎を見捨てるとは思いもよらなんだ」

　――これはまずい。

　信長が、信君にいい印象を抱いていないのは明らかだった。その勘気に触れずに、信君は一目置かれるようにせねばならぬと思った。

「信長は初対面で人を断ずる」と聞かされてきた信君は、己の将来が今にかかっていると感じた。

「恐れながら」

　その太《ふと》り肉《じし》をにじり、信君が発言を求めた。

「穴山殿、御前でありますぞ」

　傍らの家康がたしなめた。

　信君の言葉が信長の勘気に触れることを、家康は極度に恐れていた。家康の肝が縮む「びくん」という音が、空気を伝わってくるように感じられる。

　それを意に介さず、信君は口を開いた。

「恐れながら、この梅雪斎不白、右府様の御存念（政治理念）こそ、新しき世を開く鍵と信じました。家中と領民のことを思えば、その御存念に服することは、主家に対する忠節以上に大切と心得まする」

「ほほう」

　信長が、さも興味深げに身を乗り出した。

「右府様は常識や因習に囚われず、旧来の権威や権力というものを破壊しました。また伴《ば》天《て》連《れん》の話をよく聞き、堺湊《さかいみなと》を対外交易の拠点に取り立て、この国を交易により成り立たせようとしております。その進取の姿勢こそ、わが家中と領民を託すに足るお方と信じ、馳せ参じた次第にございます」

「四郎は、そうでなかったと申すか」

「はっ、交易を主とした領国経営を押し進めようとするそれがしを否定し、法性院様（信玄）以来の農耕を主とした方策を堅持し、民に過酷な負担を強いました」

「それにより、武田家は民からも見放されたというわけか」

「御意」

信君がさらに膝を進めた。

「不明な主君の許を脱し、新しき世を切り開かんとするお方の許に、家中と領民を導くことこそ、われら国人の務めと存じます」

「よくぞ申した」

信長の面に会心の笑みが浮かんだ。

家康のため息が聞こえてきそうなほど、鮮やかな信君の弁舌だった。

その後は雑談となった。信長は終始上機嫌で、二人に今後の抱負や構想を語り聞かせた後、明晩、歓迎の能興行があることを伝えた。

二

安土城を出る頃には、すでに夕闇が迫っていた。

城内にいる間に夕立でもあったのか、湿気を含んだ空気が立ち込め、息苦しさを感じるほどである。辺り一面、圧するような熊蟬《くまぜみ》の鳴き声に支配されていたが、時折、交代を促すかのような蜩《ひぐらし》の声も漂い始めている。その合奏の中を、宿館である大宝坊へと戻るべく、信君は家康と馬首を並べていた。

「此度の右府様へのお目通り、三河様のご尽力なくして叶いませなんだ。お礼の申し上げようもございませぬ」

武田家滅亡後、信長から家康は駿河一国を拝領し、信君は旧領である甲斐国河内《かわうち》領と駿河国江尻領を安堵してもらった。

今回の家康と信君の安土訪問は、そのお礼言上が目的である。

しかも家康は、かねてより「安土の城を見に来ないか」と信長から誘われており、今回ばかりは断りきれなかった。

「それがしの家中と領国が命脈を保てたのは、ひとえに三河様のお陰です」

「いや、なんの」

信君の世辞にも家康の表情は変わらなかった。

己を差《さ》し措《お》いて信長に取り入った信君を、家康が不快に感じているのではないかと不安になった信君は、それを和らげる何らかの言葉を、家康から引き出そうとした。

「三河様こそ、右府様と共に新しき世を築かれるお方と、この梅雪、かねてより信じておりました」

「ああ、はい」

こうした世辞や追従に格別の反応を示さない家康という男が、信君には不可解だった。

――食えぬお方だ。

何ごとにも反応が鈍く、平百姓の隠居にしか見えないこの男が、あの強大な武田家を滅ぼす片棒を担いだとは、信君には信じ難かった。

――しかも、いかなる理由《わけ》からか、信長は家康を買っている。

信君には、それが不思議でならない。とはいっても、織田家との間を取り持ってくれた家康は信君の大恩人であり、いくら礼を言っても言い足りない相手である。

「この梅雪、これからも三河様を無二の方と恃み、忠節を尽くす所存でおりまする」

苦境に陥った武田家からの独立を模索していた信君にとり、あの時、家康から手を差し伸べられたことは、まさに天からの慈雨にも等しいものだった。

「そうですな。ご決断がもう少し遅れていたら、穴山殿も小山田殿と同様の憂き目に遭うておりましたな」

　いかにも大儀そうに、家康が口を開いた。

　信君同様、武田家を支えてきた郡内小山田家の当主信茂は、勝頼が韮崎新府城を没落した後、十分な根回しも行わずに寝返ったため、それを認められず、幼い子らを含め、一族のことごとくが処刑された。

「あの時、小山田殿は、長らく親しくしていたそれがしに織田家への口添えを請うてまいりました。しかし、それがしはそれを断りました」

「何ゆえでございますか。あの時、古府中で指揮を執っていたのは、右府様でなく城介様でした。貴殿の弁舌をもってすれば、城介様を言いくるめ小山田殿を救うことは、それほどの難事でなかったはず」

「いかにも。しかし小山田殿も、四郎同様、旧態依然とした領主にすぎませぬ。新しい時代には要らぬ駒かと」

「ははあ」

　感心したように家康がため息をついた。

「小山田殿が要らぬ駒とは。それがしなど武田家中におったら、真っ先に見捨てられておりましたな」

「何を申されます。律儀な三河様なら、最後まで四郎に忠節を尽くされたでしょう」

「それがしには、それくらいしか取り得はありませぬからな」

二人の笑い声に驚いたのか、蜩の声がやんだ。それを申し訳なく思ったかのように、家康はいったん沈黙した後、ポツリと言った。

「それにしても、穴山殿は羨ましい」

「何がでござるか」

予期せぬ家康の言葉に、安堵の海に浸っていた信君はわれに返った。

「いや、愚鈍なそれがしの頭と比べれば、穴山殿の頭は尽きぬ泉のようだ。しかも、その弁舌のさわやかさは、比肩する者が思い浮かびませぬ」

「一族、家臣、領民のため、それがしなりに必死なだけでございます」

「それがしも同じ思いを抱いてはおりますが、穴山殿のように鮮やかな言葉は、この頭からは、いっこうに湧いてきませぬ」

「何を仰せか」と返しつつも、信君は悪い気はしなかった。

「いずれにしても本日の面談により、穴山殿は右府様の大のお気に入りとなられたはず。いつの日か、それがしの上に立つことになるやも知れませぬぞ」

「まさか」

世辞とは知りつつも、心中、信君は「当然だ」とさえ思っていた。

——わしの知恵は武田家随一だった。それに嫉妬した四郎は、わしに対抗しようと躍起になっておった。詰まるところ、それが武田家の命を縮めることになったのだ。

しかし、かつての勝頼同様、家康が信君を警戒し始めていることも確かだった。

——このままでは、わが身が危うい。家康傘下の一国衆から右府様直下の国持大名に取り立ててもらえるよう、早めに手を打たねばならぬ。

先を見通し、何ごとにも先手《せんて》を打って動くことこそ、信君の処世術だった。

「穴山殿とは、末永く昵懇にさせていただきたいものですな」

信君の心中を見透かしたかのごとく、家康が言った。

「こちらこそ」

ちらりと横を見やると、薄暮の中、ぎょろりとした家康の目が、じっと信君を見つめていた。

三

天文十年（一五四一）、武田家親類衆筆頭・穴山伊豆守信友の嫡男として、信君は甲斐国南部の河内領で生まれた。母は信玄の姉の南松院《なんしょういん》、正室は信玄の次女の見性院という二重の縁から、信玄とは、とくに緊密な関係を築いてきた。

永禄元年（一五五八）に家督を継いだ信君は、永禄四年（一五六一）の第四次川中島合戦にも参陣し、越後新発田《しばた》勢を追い散らすという武功を挙げる。この時、信君は二十一歳だった。以後、常に信玄の傍らにあり、その信任を得た信君は、主に駿河国方面の経略を担うことになる。

江尻領を中心とする駿河支配は、当初、信玄の信頼が最も篤い山県昌景の差配に従っていたが、相備衆筆頭格（副将格）として、信君は領国統治に辣腕を揮った。

武田家の重鎮として重要な位置を占めるようになった信君に転機が訪れるのは、元亀四年（一五七三）の信玄の死だった。それは、天下統一という信玄の野望が潰えただけでなく、信玄の片腕として、天下を切り盛りしようと思っていた信君自身の野望が頓挫したことを意味していた。しかし、すぐに頭を切り替えた信君は領国経営に力を注いだ。

一方、信玄の跡を継いだ勝頼は、信玄の妾腹《しょうふく》四男にすぎず、血統も実績も、信君の足元にも及ばなかった。しかも、旧態依然とした商業統制や経済施策などは、信君から見れば無為無策に等しいものであり、遠からず武田家が、衰退の一途をたどるであろうことは明らかに思われた。

安土摠見寺《そうけんじ》で行われた能興行も無事に終わり、宿館の大宝坊に戻った信君は、湯浴《ゆあ》みをするとすぐに寝床に就いた。しかし眠気は、なかなかやってこなかった。

瞼を閉じれば、大篝火の中を舞い狂う幸若大夫や梅若大夫の姿が行き交い、耳奥には、謡《うたい》と鼓の織り成す音が鳴りやまない。

能舞台の正面に設えられた座で談笑する信長と家康の姿も、切れ切れに思い出される。

「右府様、これで残るは、毛利、長宗我部《ちょうそかべ》、北条、上杉くらいにございますな」

「うむ、ろくな輩《やつばら》は残っておらぬ」

「いよいよ『天下布武』の御本意《おほんい》を遂げられたも同じですな」

「ああ、もう案ずることは何もない」

謡や鼓の織り成す玄妙な音響空間を背景に、信長と家康の笑い声が、いつまでも信君の耳朶《じだ》にこだましていた。

五番能の「船弁慶」で平知盛を演じたのは、今年で二十五歳になる信長の次男信雄《のぶかつ》である。本職の舞手たちに劣らない、その鬼気迫る舞いに、信長の視線が吸い寄せられた。

「茶筅（信雄）は生来愚鈍で、人の役に立たぬと思うておったが、こうして見ると頼もしいものよ。人には、一つくらいは取り得があるものだな」

「はて、それがしには、取り得など、とんとありませぬが」

「ははは、これまで通り、貴殿はわしについてくればよいのだ」

「はい」

「先を見通せる者には、生涯をうまく舞いおおせることなど容易なのだ。謡手《うたいて》や囃子方《はやしかた》は、その後をついてくればよい」

——先を見通せる者か。右府様のごとく、わしもそうありたいものだ。

そんなことを思いつつ、信君が、うつらうつらしてきた時である。

「ご就寝中、申し訳ありませぬ」

格子番（不寝番）の中山隼人佐《なかやまはやとのすけ》が、襖越しに恐る恐る声をかけてきた。夢と現《うつつ》の間にいた信君は、上体を起こすと不機嫌そうに怒鳴った。

「こんな夜更けに何ごとだ！」

「申し訳ありませぬ」

「わしは疲れておるのだ。明日にしろ！」

それでも隼人佐は、その場にとどまっていた。

襖越しに隼人佐が困惑している様子が分かる。

「このがらい者め！」

粗忽者《そこつもの》という意の駿州《すんしゅう》方言で罵っても、隼人佐はその場を動かなかった。

隼人佐は、何をやらせても不器用な上に要領が悪く、目端も利かないが、人の嫌がる仕事でも文句も言わずこなすので、今回の上洛行に伴ってきていた。少人数で男所帯の旅ともなると、様々な雑事が多くなるので、隼人佐のような男は便利である。

目がさえてしまった信君は、すでに用件の方が気になっていた。

「して何用だ。はよう申せ」

「はっ、右府様より、お召しの使者が参られました」

「右府様からだと。なぜ、それを早く申さぬ！」

太り肉の四十二歳とは思えぬ早さで、布団から飛び出した信君は、隼人佐の持つ手燭《てしょく》を奪うと、着替えの装束が用意されている間に急いだ。

四

子の下刻（午前一時頃）をすでに回っているにもかかわらず、安土城内は、昼と見まがうばかりに諸所に篝火がともされ、多くの番士が行き交っていた。

信長の睡眠時間は極端に短く、真夜中でも思い立つと指示を飛ばすので、近習や茶坊主が、昼夜二交代で御殿内に詰めているという話は本当だった。

織田家の勢威を象徴するかのようなその有様に、信君は驚きを禁じ得なかった。

――これでは四郎も敵《かな》わぬはずだ。

信長の待つ書院の間に通された信君は、当然、来ていると思っていた家康がいないことに不審を抱いた。同じ大宝坊を宿館としているとはいえ、信君らは家康一行と離れた坊舎に滞在しており、その動向まで摑めていなかったのである。

家康がなぜ呼ばれていないかを、あれこれ憶測する暇もなく、帳台構えの襖から信長が姿を現した。極めてせっかちな信長は、勿体《もったい》をつけて人を待たせるようなことはしないと聞いていたが、その通りだった。

「支度に手間取り遅れましたこと、真に申し訳ありませぬ」

信長の使者が信君の許に着いてから、すでに半刻以上が過ぎていた。

「まあよい。それより、もそっと近う寄れ」

「はっ」

膏汗をかきつつ膝をにじって上段の間に近づく信君を、せせら笑うように信長が言った。

「一つだけ教えてやろう。わが家臣は、わしから呼びつけられれば、たとえ湯浴みをしている最中であろうと、褌《ふんどし》一丁で駆けつけてくるものだ」

「はっ」

「それが武田家との違いだ。わが家中では、早きことが何物にも勝るのだ」

「ははっ」

「尤も、変わり身の早さで貴殿に勝る者はおらぬがな」

高笑いする信長に追従するように、森成利《なりとし》（蘭丸《らんまる》）をはじめとした小姓や近習が笑い声を上げた。

致し方なく、信君も引きつった笑顔を見せた。

「下がれ」

ひとしきり笑うと、信長が首を背後に傾けて言った。

「えっ」

成利がきょとんとして問い返すと、雷鳴のような怒声が轟いた。

「下がれと申したのだ！」

雁《かり》の群れが一斉に飛び立つがごとく、小姓たちは重なり合うように姿を消した。

書院の間には、信長と信君だけが残された。

信君は、魔に魅入られたがごとく身を縮めるしかなかった。

「わしは、わし同様、先を見通せる者が好きだ」

「は、はい」

「それゆえ、おぬしのことも気に入った」

「ありがたきお言葉」

信君は、痕が付くほど額を畳に擦り付けた。

「しかし、先が見通せるがゆえに、先々のことを考えると不安になる」

能見物をしながら家康に語っていた「案ずることは何もない」という言葉が、信長の本音でないことを、この時、信君は知った。

長年の同盟相手の家康に対してさえも、信長は心を許していないのだ。

「わしにとり、毛利、長宗我部、北条、上杉などは物の数ではないが、近頃、一つだけ気がかりができた。わしの中で、その気がかりが次第に大きくなっていくのだ。それゆえ、早めにそれを取り除かねばならぬ」

「取り除くとは、いったい誰を――」

恐る恐る信君が問うと、呆気ないほどさらりと信長が答えた。

「家康を殺せ」

全く予想もしていなかった言葉に、信君は愕然とした。

「何と――」

返す言葉のない信君を尻目に、信長が上段の間からひらりと下りてきた。

慌てて平伏する信君の眼前に、信長がしゃがんだ。

「かの者こそ、わしが天下統一を成し遂げる上で最大の障壁だ。厄介なことになる前に取り除いておきたい」

その息遣いが聞こえるほど、信長が近くにいた。紫檀《したん》のごときその体臭に酔ったように、諾とも否とも、信君には、次の言葉が出てこない。

「家康と知りおうて間もないおぬしには、まだ分からぬかもしれぬが、かの者は凡庸愚鈍を装っておるだけで、その実は賢い」

「えっ」

「時が来たれば、かの者は、わが天下を簒奪すべく兵を挙げるだろう」

「まさか」

「わしには分かる。愚鈍を装うかの者こそ——」

信長が憎々しげに呟いた。

「真の表裏者なのだ」

「あっ」

信君が畏れ入ったように平伏した。

「それゆえ、その芽は早めに刈り取っておかねばならぬ」

「それならば兵を差し向け——」

口をついて出た信君の言葉に、信長が鋭く反応した。

「おぬしも思うたほど賢くないな」

信長の瞳に落胆の光が宿った。信君は軽率な発言を悔いた。

「わしには立場がある。何の大義もなく長年の同盟相手を討ったとあらば、もはや誰もわしの言葉を信じぬ。諸国で叛旗を翻す者が相次ぎ、わしの仕掛ける調略や誘降の呼びかけには応じまい。わしは、力ずくでそうした敵を押さえ込んでいかねばならなくなる。その先に見えるのは疲弊と破滅だけだ」

信長の言葉はすべて的を射ていた。

「そこでわしは考えた。この仕事は、ひそかにやりおおせねばならぬとな」

「つまり、野盗《やとう》か野伏《のぶせり》の襲撃に見せかけ――」

野盗、野伏とは、山中に潜んで、略奪を目的とした襲撃を仕掛けてくる武装集団のことである。

「ようやく頭が回り始めたようだな。しかし、それが容易でないのだ」

信長の額に縦皺《たてじわ》が寄った。

「と申しますと」

「かの者は、わずか三十ほどの家臣しか伴っていない。中間小者を入れても百ほどだ。しかし、その顔ぶれを見ろ」

家康が本国三河から連れてきたのは、酒井忠次《さかいただつぐ》、石川数正、本多忠勝《ほんだただかつ》、榊原康政《さかきばらやすまさ》、本多重次《しげつぐ》、松平康忠《まつだいらやすただ》、天野康景《あまのやすかげ》、大久保忠隣《おおくぼただちか》、井伊直政《いいなおまさ》、そして服部半蔵《はっとりはんぞう》らである。

忠義で鳴る重臣連中から武芸達者や裏の仕事をこなす者まで、家康は精鋭中の精鋭を率いてきていた。しかも、三河人特有の執拗《しつよう》なまでの用心深さは、これまでの道中でも、信君自身、辟易《へきえき》するほど見せられてきた。

「これほどの者たちを連れてきたのだ。まともに当たれば、その道の者とて取り逃がすか、返り討ちに遭うやも知れぬ。ましてや三河者のことだ。たとえ御所の内でも前駆《さきが》けを出し、行く手の安危を確かめてから進むだろう」

信長が自らの戯言に笑ったので、信君も追従しようとしたが、頬が強張り、口から漏れたのは獣のごとき唸《うな》り声《ごえ》だけだった。

それを気にするでもなく信長が続けた。

「それゆえ開けた地で正面から襲えば、仕損じる恐れがある。その道の者が戦いやすきところ、すなわち人気なきところに、家康らを誘い込まねばならぬのだ」

「まさか、それを――」

「うむ、それは、家康が心を許している者にしかできぬ仕事だ」

ようやく信君にも、己の役割が分かってきた。

――家康が直臣以外に連れてきている麾下の者といえば、傘下国衆のわししかおらぬ。わしが「どこぞに行きたい」「どこぞが見たい」と申せば、家康とて無下に断るわけにもいかぬということか。

「むろん貴殿に手を下せとは申さぬ」

信長の言葉には、「仕損じてもらっては困る」という意が含まれていた。

「野盗か野伏に扮した伊賀者を率い、実際に手を下すのはこの男だ」

信長の言葉が終わるか終わらぬうちに左手の舞良戸《まいらど》が開き、長身痩軀の男が一人、膝行してきた。

「滝川三郎兵衛雄利《たきがわさぶろべえかつとし》に候」

その男は、黒炭のように日焼けした顔に、岩塊のように突き出た額と鋭く隆起した頰骨《ほおぼね》、さらに尖《とが》った顎を持っていた。一目で年齢も分からぬその異相こそ、こうした裏の仕事に携わる者に共通した特徴である。

「この者はな――」

多少、軽侮の色を含みつつ、信長が滝川雄利と名乗った男の出自を語った。

伊勢北畠《きたばたけ》家の家老職を務め木造《こづくり》家の庶流に生まれた雄利は、伊勢国に信長の圧力が強まるにしたがい、木造家を掌握し、信長の許に馳《は》せ参《さん》じた。そして織田方を先導し、主家である北畠家を討つことに加担する。その功により、北畠家に養子入りした信雄（北畠具《とも》豊《とよ》）の重臣筆頭に抜擢《ばってき》された雄利は、天正伊賀の乱においても伊賀惣国一揆《いっき》の掃討に貢献し、信長父子から絶大な信頼を得ていた。

この頃の雄利は、織田傘下に転じた一部の伊賀地侍衆を使い、信長と信雄の裏の仕事を引き受けていた。

「三郎兵衛には茶筅の家老をやらせておる。しかし家老となっても、この者は汚れ仕事も厭《いと》わぬので重宝しておる」

「ありがたきお言葉」

老いた鶴が餌をついばむがごとく、雄利がその長い頭をゆっくりと下げた。

「いや、お待ち下され」

このままでは、信長の策謀に巻き込まれていくだけだと気づいた信君は、慌てて道を引き返そうとした。しかしそれは、信長を苛立たせるだけの効果しかなかった。

「まさか、わしの命が聞けぬと申すか」

珍しい生き物でも見つけたかのごとく、細い目を丸くして、信長が信君を見つめた。

「いや、そういうわけではありませぬが」

信長の命を断れば、この場で殺されるに違いなかった。ここで信君が倒れ、「心の臓の発作による急死」と発表されても、どこからも異議を差し挟む者はいない。

それでも信君は、恩人である家康の殺害に加担することだけは気が引けた。それゆえ、困った顔をして信長に許しを請おうとした。

「わしの命が聞けぬとは、珍しい御仁がおるものよ」

しかし、信長がそれを許すはずもなく、その瞳には、狂気の焔《ほむら》がともり始めていた。

「かつて家康は、わしの勘気に触れるのを恐れ、正室と嫡男を死に追いやった。それは知っておろう」

天正七年（一五七九）、家康は正室の築山殿《つきやまどの》と嫡男の信康《のぶやす》を殺した。信長の命によるものだった。母子が、武田家に通じたことが原因だとされるが、定かなことは分からない。いずれにしても信長は、二心なきことを家康に証明させるために、家康自らの手で二人を殺させた。

――弱き者が生き残るには、それしかなかったのだ。

「かの者は、それだけの犠牲を払って今の地位を手に入れた。しかもその時、かの者はわしと同等の同盟相手だった。滅んだ家の宿老であった穴山殿なら、いかがいたすかな」

信君に選択肢はなかった。信長の勢威をもってすれば、信君をこの場で殺し、穴山家を断絶させるなどたやすいことである。しかも庇護者《ひごしゃ》であるべき家康は、かつて正室と嫡男まで守れなかったのだ。新参国衆に過ぎない穴山家を、信君亡き後、信長から守れるはずがない。

――万事休すだ。

あらゆる要素を瞬時に勘案し、信君は結論に達した。

「承知仕《つかまつ》りました」

「ふん」

ため息とともに信君が平伏すると、さも当然であるかのごとく信長が鼻で笑った。

「よいか、家康を殺せる機会は此度しかない。国元に帰してしまえば、もう二度と家康はやってこぬ。間もなくわしは毛利征伐に赴く。それまでに何としても殺せ。さすれば恩賞は望みのままだ」

「はっ」

「三郎兵衛には伊賀一国をくれてやる。穴山殿には――」

信長の瞳が得意げに光った。

「武田遺領をそのままお返しいたそう」

「えっ」

驚きのあまり、信君は信長の顔を仰ぎ見た。

信長は、いったん口にしたことを反故にしないと聞いていたからである。しかし、信長の口から出た次の言葉を聞いた時、信君の背筋は凍りついた。

「ただし、いかなる理由《わけ》があろうと、かの者を生きたまま三河に帰せば、四郎と同じ目に遭ってもらう」

信長に滅ぼされた武田四郎勝頼は、京の都で晒《さら》し首《くび》となっていた。

五

能興行があった翌日の五月十七日、家康と信君の饗応《きょうおう》役が明智光秀《あけちみつひで》から長谷川秀一《はせがわひでかず》に代わった。十五日の安土到着以来、家康と信君の饗応役を任されていた光秀が解任され、毛利征伐の後詰として、備中に派遣されることになったのだ。

この頃、備中では、羽柴《はしば》秀吉による高松城攻めが行われており、内情を知る者以外に、この解任劇は決して不自然なことではなかった。しかし信君は、事の真相を知っていた。

この日の饗応の席は、備中への出陣支度で慌ただしい安土城内を避け、家康と信君の宿館である大宝坊で行われた。

事件はそこで起こった。

信長を交えての夕餉《ゆうげ》の席で家康の箸が進まず、しかも、好物の鯛の刺身の大半を残した。

「具合でも悪いのか」と問う信長に対し家康は、「旅の疲れから腹が張っておりまして」と笑顔で答えた。しかし勘の鋭い信長は、すぐにその不自然な様子を察し、光秀と毒見役を呼びつけた。

震える手で刺身を食した毒見役は言った。

「少し傷んでおりますようで」

傍らでその言葉を聞いていた光秀の面から血の気が引くのと同時に、信長の瞳に狂気の焔がともった。次の瞬間、上段の間を飛び下りた信長の足蹴が光秀を見舞った。

「このキンカン頭め、わしの顔に泥を塗りよって！」

「申し訳ありませぬ」

小姓や近習が慌てて信長を止めようとしたが、それが火に油を注いだ。信長は取り付く者たちを振り払いつつ、狂ったように光秀を追い回した。最後は、家康が光秀に覆いかぶさるように間に入り、ようやく混乱は収まったが、広縁まで蹴り出された光秀は、肩を震わせ嗚咽していた。

この凄まじい修羅場を目にした信君は、恐怖で一歩も動けなかった。

翌日、饗応役が長谷川秀一に代わったことを告げられた家康と信君は、その秀一から、「出陣の支度で安土は落ち着かぬため、京に物見遊山に行かれたらどうか」と勧められた。むろん、これは勧めではなく体のいい命令である。家康と信君は、長谷川秀一ら数人の織田家家臣を従え、慌ただしく京に向かうことになった。

二十一日の午前に安土を出立した一行は、夕刻、京に入った。

滝川雄利の襲撃があるやも知れぬと戦々恐々としていた信君は、生きた心地もしなかったが、服部半蔵を先行させた家康一行は、道中の安全を確保しながら進み、襲撃の隙を与えない。

むろん、家康一行の張り詰めた面持ちを見れば、街道を外れて名所や古刹でも見に行こうなどと提案するわけにもいかず、信君は、為す術もなく家康一行に付き従っていた。

二十二日、京見物が始まった。

秀一らが勧める嵯峨野《さがの》や鞍馬《くらま》への道行きを、「道心を深めるため」という理由で断った家康は、それからの数日を洛内の大社大寺の参詣に費やした。

その間、家康に全く隙はなく、近くに潜んでいるはずの雄利の気配も一向に感じられなかった。多くの人々が行き交う洛内では、襲撃できないのだ。

信君の心に、徐々に焦りが募り始めた。

二十八日、秀一の勧めにより、大坂見物に向かうことになった家康一行は、再び慌ただしく京を出発した。この日の午後、大坂に着いた一行は、石山本願寺《ほんがんじ》跡を見学後、翌日には堺に向かった。秀一によると、このめまぐるしく変わる行程は、頻繁に届く信長からの飛札によるものだという。

信長は、「堺衆がぜひ饗応したいと申している」と言って、すぐに堺に赴くよう勧めてきた。むろん堺衆が、家康とも誼を通じさせておきたいと思うのは当然であり、家康も拒否する理由を見出せなかった。

しかし、「陸路を取り、道中の風景を楽しみながら」という秀一らの勧めを丁重に断った家康は、船を使って堺に向かった。「堺衆を待たせるわけにはいかない」というのが表向きの理由だったが、川船を使えば、襲撃されることはないからである。

人知れぬ水面下で、それぞれの思惑を推し量りながら、信長と家康は丁々発止の駆け引きを続けていた。

一方、ここまで拱手傍観《きょうしゅぼうかん》しているにすぎない信君の焦慮は深まるばかりだった。

六

五月二十九日、堺に着いた一行は、堺代官の松井友閑《まついゆうかん》邸に入った。

同夜、またしても飛札が入った。信長が京の本能寺に入るので、堺衆の饗応が終わり次第、至急、参るようにという知らせである。

信長は、安土からやってくる自らの馬廻衆を京で待ち、備中まで出向くつもりらしかった。しかし、家康と信君を、わざわざ京まで呼び寄せる理由は見当たらない。

信長入洛《じゅらく》の報は、徳川家御用商人・茶屋四郎次郎《ちゃやしろうじろう》の書状からも確かめられた。しかも信長は、ほとんど身一つで本能寺に入ったらしいのだ。

ちなみにこの時、信長と共に本能寺に入ったのは、小姓衆から女房衆（女官）や雑仕女まで含め、総勢百五十人ほどにすぎない。いかに己の勢力圏の内懐とはいえ、多くの敵を持つ信長が、これほどまで無防備な状態で、軍勢に先行するのは異例中の異例である。

四郎次郎は京に常駐し、こうした情報を逐一、家康に知らせてきていた。

石橋を叩いて渡るような家康の周到さにも感心したが、自ら囮となり、家康をおびき出そうとしている信長の大胆さにも、信君は驚かされた。

――それほどまでして、家康を討ちたいのか。

しかし、そうした信長の執念を知るほどに、ここまで何の役にも立てていない信君は焦った。むろん、安土、京、大坂、堺、そしてまた京と、異例の慌ただしさで家康を振り回す信長にも、焦りが募っていることは明白である。

翌六月一日、午前は今井宗久《いまいそうきゅう》、午後は天王寺屋津田宗及《つだそうぎゅう》、夕刻からは松井友閑、それぞれの邸宅で茶会があった。家康と信君が、二日には京に向かわねばならないため、異例ではあるが、一日三度の茶会の席は、急遽、設けられたのだ。

これらの茶会に家康と共に参席した信君だったが、むろん周囲は厳重に警固されており、付け入る隙は全くない。しかもその物々しい雰囲気が、信君の焦りをさらにかき立てた。

松井友閑邸の茶会も終わり、宴席に移った時のことである。小用を足そうと広縁伝いに雪隠《せっちん》に向かおうとすると、傍らの障子が音もなく開いた。反射的に中をのぞくと、滝川雄利が一人、端座している。

――いよいよ来たか。

視線で信君を促した雄利は、次々と襖を開け、暗闇の中を奥へ奥へと進んでいった。致し方なく信君も、雄利の開けた襖を閉めつつ後に従った。

――殺られるか。

一瞬、そう思ったが、ここで信君を殺しても、家康に警戒されるだけで、信長には何の得もないはずである。

最も奥まった一室で、二人は膝をつき合わせるように対座した。

「どうもお迷いのようでござるな」

火打石を一合わせしただけで、手際よく灯明皿に灯をともした雄利が、軽く探りを入れてきた。

「何を仰せか」

「長谷川殿によると、これまで穴山殿は、いずこかの名刹古刹、または草深い名所旧跡に家康を誘うこともせず、ただひたすら、その後を付いて回っておられるだけとか」

「いや、それは」

「いかにも、右府様は作物《なりもの》（成果）だけを求めるお方でござるが――」

雄利の口端に残忍そうな笑みが浮かんだ。

「力を尽くさぬ者を許した例《ためし》はありませぬ」

恐れていたことが現実になりつつあった。やはり信長は、このままやり過ごせるほど甘くはなかったのだ。

「右府様はたいそうご立腹で、『かの者を見損なった』とまで仰せになられておりました」

「それは真《まこと》で！」

その死罪の申し渡しにも等しい言葉に、信君の肝が悲鳴を上げた。

「それがしも長谷川殿をうまく言いくるめ、家康をおびき出そうとしましたが、織田家直臣である長谷川殿の勧めでは、用心深い家康は隙を見せませぬ。やはり、この場は穴山殿のお力添えが必要でしたな」

信君は、すべてが手遅れであることを覚らざるを得なかった。

「それゆえ、右府様自ら囮となり、京に入られる仕儀とあいなりました」

「やはり、そうでしたか」

「その道中にでもと考えております」

雄利の酷薄そうな頬骨が、生き物のように上下した。

「それでは、それがしはもう用済みでござるか」

「はい、此度はそれを告げに参りました」

「ああ、何とか取り成しを――」

「右府様が人に与える機会は一度《ひとたび》だけ。残念ですが――」

座を払おうとする雄利の裾に、信君は取りすがった。

「そこを何とか」

しかし無情にも、その手は軽く払われた。その瞬間、信君は、すべての望みが断たれたことを覚った。

――こんなことになるなら、四郎と共に、信長の心胆を寒からしめるくらい戦えばよかった。

信君の胸の内奥から、悔恨の情が湧き出てきた時である。

「ただし」

襖に手を掛けた雄利が、さも何かを思い出したかのごとく振り向いた。

「右府様が申すには、われらに合力《ごうりき》し家康を討てば、話は別と」

「合力と――」

「野盗や野伏に扮し、ひそかに行動するとなれば、三十やそこらの頭数が限界。討ち漏らしもありましょう。万が一、窮地を脱した家康が穴山殿一行の中に紛れ込まぬとも限りませぬ」

家康と信君は、正式には主従でなく寄親寄子の関係なので、移動する際、やや離れて進むのが慣例となっていた。

――まさか、武田家滅亡を恨んだわしが、家康を殺したという筋書きにするつもりではあるまいな。

信君は戦慄した。

「むろんこの件は、右府様、それがし、穴山殿だけの秘事にござる。事が成ったあかつきには、徳川家中だけでなく穴山殿の手の者も――」

――わが家臣をも口封じいたすと申すか！

信君の背に冷や汗が流れた。

「さすれば、この件は闇から闇に葬られましょう」

「何という卑劣な――」

「手を貸すも貸さぬも、お好きになされよ」

襖を開けた雄利が、次の間の闇に半身を入れた。

「お待ち下され」

信君がその裾を摑むと、雄利の半眼が闇の中で冷たく光った。

「滝川殿、右府様の仰せのままにいたします」

「それがよろしいかと」

不気味な笑みを浮かべつつ、雄利が闇の中に身を入れていった。

七

信君が信玄から呼び出されたのは、嫡男義信の廃嫡が決まった永禄八年（一五六五）も押し迫った頃だった。

生まれて初めて躑躅ヶ崎館の看経《かんきん》の間に通された信君は、ひどく緊張していた。看経の間は霊殿とも呼ばれ、躑躅ヶ崎館の中で、最も神聖な場所とされていたからだ。信玄から重大な話があるのは明白だった。

強張った顔で入室した信君に、信玄は経を唱えることを命じた。

仄《ほの》かな灯火《ともしび》の中、信玄自らを模して彫らせた不動明王像が、まるで生命《いのち》を得ているかのごとく周囲を睥睨《へいげい》していた。その像に向かい、信君は一心不乱に経を唱えた。

誦経《ずきょう》が終わると、いともあっさりと信玄が言った。

「わしの跡は、四郎に取らせるつもりだ」

「――」

「おぬしにも思うところがあるだろう。しかしこれは、考えに考えた末のことだ。向後は四郎を守り立てていってくれ」

「はっ」

わずかながらも、後継指名の期待を抱いていた信君の落胆は大きかった。しかし、そんなそぶりをおくびにも出さず、信君は信玄の決定を素直に受け入れた。さもなければ謀叛を疑われ、粛清されかねないからである。

信君に今後の心構えを伝えた後、信玄が言った。

「そなたほどの器用者はめったにおらぬ。あらゆる枝葉《しよう》(要素)を勘案し、見事な持論を展開した上、事を決する早さはわし以上だ。しかし――」

信玄の鋭い眼光が信君を射た。

「そなたのその利巧さ、弁舌の巧みさ、そしてその断の早さが、逆に墓穴を掘ることもある。それをよく心得ておけ」

「はっ」

――義父上も老耄《ろうもう》した。

それまでは、信玄の戒めを素直に受け入れてきた信君だったが、初めて、その言を聞き流そうと思った。信君にとり、頭の回転、弁舌の巧みさ、そして素早い決断力の三点を否定されることは、己の拠り所を失くすに等しいからである。

それから数年後、信玄は最後の力を振り絞るがごとく上洛作戦を開始したが、その志半ばで没した。

信玄の死後、その願いとは裏腹に、信君と勝頼の関係は悪化の一途をたどった。

それを決定づけたのは、信玄死去後二年を経て起こった長篠合戦である。

勝頼と共に長篠まで出陣した信君は、徳川勢の奇襲により背後の鳶ヶ巣山砦が奪取された時点で撤退を進言した。前後に敵を持つことは、はなはだ不利だからである。その意見に、山県、内藤、馬場ら宿老も賛同した。ところが、それを一蹴した勝頼は、「無二の一戦」に家臣たちを駆り立てた。

結果は、火を見るより明らかだった。

無敵を誇った甲州武田軍団は壊滅的損害をこうむり、歴戦の宿老も、その大半が長篠の露と消えた。信君も命からがら駿河江尻城に逃げ戻った。

それでも武田家は強大であり、この敗戦だけで周囲から付け入られることはなかった。

「四郎にはいい薬だった」

こういう時こそ、家中の結束が必要である。

信君は勝頼の歩み寄りを待ったが、勝頼はそれまで以上に頑なになり、いよいよ側近以外の者の言に耳を貸さなくなった。

しかし信玄在世の頃より、実質的に駿河国の経営を担ってきた信君は、山県昌景の死により、しぜんな流れでそれを引き継ぐ形になった。突然、人材の払底した武田家中で、信君以外に、交易という新たな事業を切り回せる人材がいなかったのである。

武田家の財政が逼迫《ひっぱく》している折でもあり、勝頼としては、交易に関しては、信君を頼るほか手がなかったのだ。

信君は江尻湊を拠点とした交易に力を注ぎ、蓄財に励んだ。武田家の金蔵が窮乏していくのとは裏腹に、信君個人は裕福になっていった。

しかし勝頼は、ことあるごとに信君に干渉し、信君の才覚で稼いだ交易の利潤を、ことごとく上納させようとした。むろん信君はこれに反発したので、二人の関係は一触即発となっていった。

信君離反の噂が流れ始めるに及び、二人の対立を座視できなくなった中立派により、信君嫡男・勝千代と勝頼六女・貞姫の間で縁談が調えられた。

しかし、それも束《つか》の間《ま》の天正九年（一五八一）、遠江国の高天神城が危機に陥った際、再三にわたる勝頼からの後詰要請を黙殺した信君と、それに激怒した勝頼との亀裂は決定的となり、縁談も立ち消えとなった。

信君としては、周囲の諫言を聞かず、兵站に無理のある高天神城を維持し続けた末、いよいよ落城の危機が迫ってから、穴山勢を派遣しようという勝頼の身勝手さに呆れ果てていたのである。

織田勢侵攻の如何にかかわらず、信君の離反独立は時間の問題だった。

八

六月二日、早朝に堺を発った家康と信君は、京への道を急いでいた。京から堺への往路と異なり、淀川《よどがわ》をさかのぼることになる復路は、川船を使うと時間がかかる。そのため陸路を行かざるを得ない。それも、信長の計算のうちであるに違いなかった。

夜半過ぎ、信長に上洛予定日時を伝えるべく本多忠勝を先発させた家康は、巳《み》の刻（午前十時頃）には、堺から平野を経て八尾に至った。

八尾宿に着いた信君の許に、先行して八尾宿に入っていた家康一行の中から、酒井忠次がやってきて、「次の宿の尊延寺《そんえんじ》に至る途中にある飯盛山《いいもりやま》は、草深き地ゆえ、野盗や野伏に気をつけられよ」と告げてきた。

一瞬ぎょっとした信君であったが、「お心遣い、かたじけない」と返答し、その場をやり過ごした。

滝川らの襲撃があるとしたら、ここしかなかった。

緊張が高まり、動悸《どうき》が激しくなった。

家康一行が出発したのを確認した信君は、すぐに側近を呼び集めた。帯金美作守《おびがねみまさかのかみ》、満沢主税《まんざわちから》、佐野泰光《さのやすみつ》らである。彼らは主の信君に似て、何事にも機転が利く。今回の上洛が、穴山家の将来を決するものであると覚った信君は、老臣たちを留守居とし、彼ら目端の利く中堅家臣を連れてきていた。

覚悟を決めた信君が今回の秘事をあらいざらい話すと、彼らの顔面は蒼白《そうはく》となった。しかし、もはや後には引けないことだと説くと、意外なほどあっさりと納得した。理に適《かな》っていれば即座に合理的な判断を下せるところも、目端の利く者たちのよいところである。

しかし彼らも、あと一刻（二時間）後には、この世にいないはずである。心中、彼らに詫びた信君は、帰国後、彼らの親族を手厚く遇することを心に誓った。

従前とは異質の張り詰めた空気が漂う中、信君は、家康一行の後を追うように出発した。

酒井忠次の言った通り、飯盛山に近づくにしたがい、人家もまばらになってきた。

――いよいよだな。

前方に見える飯盛山は、鬱蒼《うっそう》とした緑に覆われ、静まり返っていた。ところが飯盛山中に踏み入っても、滝川らの気配は一向になく、家康らが襲われた形跡も見当たらない。

ここではなかったかと思いつつ山を越えると、山麓の小さな宿に、家康一行がとどまっているのを見つけた。

何事かあったらしく、一行には、ただならぬ空気が漂っている。

――しまった。事が発覚したに相違ない。

信君が馬首を返そうとした時である。

「穴山殿、たいへんなことになった」

齢五十六とは思えない軽い身ごなしで、酒井忠次が走り来た。どんな時でも泰然自若としている忠次であったが、この時ばかりは、やけに落ち着かない様子である。

「いかがなされたか」

覚悟を決めた信君が馬を下りると、忠次は「まずはこちらに」と言って信君を導いた。

――殺されるか。

一瞬、そう思ったものの、忠次の落ち着かない様子に、逆に信君は、殺される心配はないと確信した。

――いったい、何があったのだ。

村年寄の屋敷に招き入れられた信君は、徳川家中全員の顔色が変わっていることに気づいた。

――よほどの事態が起こったに違いない。

苛立つように小刻みに膝を揺らす家康の傍らには、信長の許に先行しているはずの本多忠勝と、京にいるはずの茶屋四郎次郎が控えている。彼らもそろって沈鬱《ちんうつ》な面持ちをしていた。

「困った」

それだけ言うと家康は腕組みし、苦虫を嚙みつぶしたような顔をした。

信君は矢も盾も堪《たま》らず、問うてみた。

「何が起こったのですか」

「右府様が身罷《みまか》られた」

「えっ」

絶句する信君に、詳細を知る本多忠勝が補足した。

家康を待ち、京に滞在していた信長は、二日未明、宿館としていた本能寺を明智光秀に襲撃され、落命したというのだ。

忠勝が枚方《ひらかた》に至った時、この急報を持って堺に向かっていた茶屋四郎次郎と出会い、急ぎ道を引き返してきたとのことである。

──たいへんなことになった。

信君の頭が、めまぐるしく働き始めた。

──右府様亡き今、織田家は無力に等しい。世は再び乱れるだろう。となれば、わしが恃みとするのは家康しかおらぬ。

信君は、自らと穴山家の将来を家康に託すことを決した。

「それでは、京に向かうことはありませぬ。いち早く本国に戻り、逆賊惟任《これとう》（明智光秀）

を討つ兵を挙げるべきです」

「われらも今、そう決したところです」

家康が眦《まなじり》を決した。

しかし、逃げるとなれば一刻の猶予もない。信長の死が伝えられれば、かろうじて保たれてきた畿内の秩序は崩壊し、その余波が、周辺地域に及ぶことは必然である。その中を、三河国に戻るのは至難の業だった。

家康は、そのことに頭を悩ませているに違いない。

己とその家中のことばかり案じている家康という男の胸内を垣間見《かいまみ》たような気がし、信君は安堵した。

帰国経路を決定できないまま、未《ひつじ》の下刻（午後三時頃）を回った頃、一行は脱出行に移った。

九

摂津国《せっつのくに》と山城国の国境にある尊延寺宿に着いた家康一行は、その村の代官屋敷を陣所に定め、綿密な帰国経路の検討に入った。その頃には、四郎次郎の息のかかった者からも次々と確説が入り、実際の状況が明らかになった。

家康とその家臣団は額を寄せ合い、侃々諤々《かんかんがくがく》の議論の末、伊賀越えをすることに決した。

伊賀国は、一年前に起きた天正伊賀の乱において信長の撫で斬りに遭っており、織田政権に恨みを持つ国人たちが、いまだ息を潜めている地である。何の根回しもせずに踏み入れば、襲撃を受ける可能性が極めて高い。その反面、伊賀国を抜け、東隣りの伊勢国に抜けられれば、船を使って迅速に帰国できるという利点がある。ほかの道は、すべて光秀の勢力圏の近くを通るため、道が開けていても危険すぎる。

伊賀の道に精通する服部半蔵がいることもあり、家康が伊賀越えの道を選ぶのは、妥当であった。

信君も家康と共に伊賀越えの道を使い浜松に入った後、本拠である江尻に戻るつもりでいた。

その夜、家康一行の借りた代官屋敷とは少し離れた場所にある豪農屋敷を宿に定めた信君が、寝床に入ろうとした時である。

「あの――」

襖越しに中山隼人佐が声をかけてきた。

「何だ」

不機嫌そうに問うと、隼人佐はもじもじしている。

「わしは疲れておるのだ。早く申せ！」

ここ数日の緊張から信君は苛立っていた。

「お客人が参られております」

「客人だと。こんな夜更けに、こんなところに来る者などおらぬ」

「いや、滝川と名乗る御仁が――」

「何だと！」

信君の顔が蒼白になった。

「いかがなされまするか」

「馬鹿め、すぐにお通ししろ」

急いで着替え、居間に赴くと、岩塊のような半顔を囲炉裏の熾火《おきび》に照らした男が一人、鉄箸で榾《ほた》をいじっていた。その傍らには、緊張した面持ちの中山隼人佐が控えている。

「これは滝川殿」

信君が傍らの座に着くと、雄利がわずかに会釈した。

「隼人佐、もうよい。下がっておれ」

「しかし――」

「くどい。奥に控えておれ！」

「はっ」

雄利の物らしき大小を抱えると、隼人佐は慌ただしく次の間に下がっていった。

「穴山殿も、なかなかの忠義者をお抱えのようですな」

「ああ、隼人佐ですか。粗忽者ゆえ家中でも扱いかねております」

「ああした昔気質《むかしかたぎ》の忠義者も、最近はいなくなりました」

「まさか、隼人佐が何かご無礼でも」

「名を名乗り、穴山殿にお会いしたいと申し上げただけなのですが、危うく斬り掛かられそうになりました。しかも、四半刻（三十分）も押し問答を続けた末、大小まで預けさせられ、懐まで探られました」

「それはとんだご無礼を」

信君は、隼人佐に屋敷周辺の警固を任せたことを後悔した。

「いずれにしても、これほど隙だらけの百姓家にわずか四十人ほどの配下では、さぞ心《こころ》許《もと》ないでしょうな」

信君の従者は、中間小者を入れても五十に満たなかった。

「いえ、ここは田中の一軒家ゆえ、周囲の見通しが利きまする。しかも、忠義だけが取り得の者どもを多く連れてきておりますゆえ、心配は無用かと」

信君は、本物の野盗や野伏の襲撃に晒された場合に備え、防備の手順を入念に考えていた。しかも連れてきているのは、信頼に足る配下ばかりである。敵の矢玉が雨のように降ってこようが、盾となって防いでくれるはずであった。

「さすがですな。忠義者こそは武家の宝ということを、穴山殿はよく心得ておいでだ」

雄利が、さも感心したように嘆息を漏らした。

主君である信長が討たれたにもかかわらず、悠揚迫らざる雄利の態度に、信君が不審を抱き始めた時である。それを察したがごとく、雄利が懐に手を入れた。

「まずは、これをお読み下され」

やけに落ち着いたそぶりで、雄利が懐から出した書状を信君に手渡した。

おずおずとそれを手に取り、読み始めた信君の顔色が徐々に変わっていった。

「ま、まさか」

「ここまでやらねば、家康を討ち取ることはできませぬ」

――惟任の謀反が狂言と！

その書状には、「惟任にわしを討たせる狂言を演じさせる。泡を食った家康は、三河に帰るべく伊賀に踏み入るはず。そこを滝川に襲わせる」といったことが書かれていた。しかもその書状には、信長の印判もしっかりと捺されている。

信長の印判は、信長立ち会いの下、腹心の武井《たけい》夕庵《せきあん》か祐筆《ゆうひつ》の楠《くすのき》長諳《ちょうあん》しか捺せない。

その印判を穴の開くほど見つめた信君は、それが本物であることを確認した。

「こうした折に備え、右府様は惟任殿と示し合わせ、家康の眼前で惟任殿を罵倒し、謀反の布石を打ちました。こうしておけば家康も疑わぬと。尤《もっと》も、足蹴にされた惟任殿は肩を痛め、愚痴をこぼしておりましたが」

雄利の面に、わずかな笑みが浮かんだ。

「しかし、たとえ家康を討ち取っても、後にこれが狂言と知られれば、右府様は天下の信望を失うのではございませぬか」

「そんなことはどうとでも言い訳できます。『毛利勢を勢いづかせ、攻勢を取らせるための策だった。それに家康が気づかず、慌てて伊賀路に入り、野盗に襲われた』とでも申せばよいでしょう。実際にご家中は、そのための出兵手はずを整えております」

信長は家康を殺すことを主目的としながら、当面の敵である毛利勢を勢いづかせ、無策で攻勢に転じたところを、逆に叩くつもりでいるのだ。

「一石二鳥というわけですな」

「何をするにしても多くの作物を得ようとする、それが右府様というものです」

雄利が己のことのように胸を張った。

――狂言とも知らず、慌てて国元に帰ろうとした家康の死に損という筋書きか。

「右府様は今頃、備中に向かっておりましょう」

雄利が、さも当然のごとく言った。

信君は、信長という男の底知れなさを痛感した。

「それでは、滝川殿は伊賀の山中で家康を——」

「ふふふ」

再び雄利の口から嘲るような笑いが漏れた。

「われらの気がかりは、唯一、服部半蔵と申す者。かの者は伊賀の地勢に明るく、うまく家康一行を導くことでございましょう」

「では、いったいどこで」

「三河の衆が、最も気を張るのが伊賀越えでござろう。しかし、その前は気も緩んでおりましょう。半蔵も根回しのため、一行に先駆けて伊賀に向かうと思われます」

「となると」

信君が記憶の地図を手繰る前に、雄利が言った。

「山城国宇治田原《うじたわら》辺りが適所かと。田原であらば伊賀に劣らず草深き地ゆえ、野盗や野伏に襲われてもおかしくはありませぬ」

頭にある地図を探り、信君は田原の位置を思い出した。

「それで、それがしは何をいたせばよろしいか」

雄利の三白眼が冷たく光った。

「穴山殿が織田家中で生き延びるためには、これが最後の機会となりましょう」

「分かりました。心して掛かります」

一切の感情を差し挟まず、雄利が言った。

「穴山殿は草内《くさうち》の渡しで木津川《きづがわ》を渡った後、家康一行に先を行くよう促し、退路をお塞ぎ下され」

「退路を――」

――万が一、雄利が家康を討ち漏らした際は、わが手で討ち取れというのだな。

「むろん一刻ほど待ち、何事もなければ、われらの手勢だけで、事は首尾よく終わったということです。穴山殿は宇治田原に向かわず、木津川沿いをゆっくりと北上して下され」

「それだけで、武田家再興と旧領安堵が叶うと仰せか」

「それは、そこに書かれておる通り」

信長の書状には、「滝川の指図通りに動けば、恩賞は従前に約した通り」と書かれていた。

「ありがたい」

さも大切そうに信君は、その書状を頭上に押し頂いた。

十

天正九年（一五八一）になり、武田家の苦境は深まるばかりだった。

越後の内訌に介入した際の外交的不手際から、同盟国の北条家さえ敵に回した勝頼は、織田、徳川、北条という大敵に囲まれ、四囲から強い圧迫を受け始めていた。

信玄以来の侵略政策の見直しを迫られた勝頼は、要害の地に新城を築き、敵の侵攻を許しても、籠城戦によって乗り切るという方針に転じようとした。

新城の地を韮崎七里岩上に定め、その城を新府城と命名した勝頼は築城を開始した。しかし新府築城の負担は大きく、武田家中のみならず国衆や民衆の生活を著しく圧迫した。武田領国内の不平不満は頂点に達しつつあり、甲信の地に不穏な空気が漂い始めていた。

末期症状を呈しつつある武田本宗家とは対照的に、交易を中心に据えた独自の領国経営が軌道に乗り始めた信君は、さらに蓄財に精を出し、いざという時になっても単独で生き残れるよう、あらゆる手を打とうとしていた。

信君と同じ武田家親類衆の木曾義昌が叛旗を翻したのは、天正十年（一五八二）正月下旬のことだ。その知らせを聞いた時、信君は、いよいよ来るべきものが来たと感じた。

以前から徳川家の重鎮・酒井忠次との間に、外交手筋を持っていたことが幸いし、ここからの話はとんとん拍子に進んだ。

二月初旬、ひそかに徳川方に転じた信君は、同月二十五日、甲斐古府中の町衆に預けられていた人質（夫人と嫡男勝千代）を奪還し、武田家からの離反を表明した。

その間も織田方の攻勢は続き、武田方の誇る伊奈谷防衛線は、次々と突破されていった。

二十九日、江尻城を家康に明け渡した信君は、三月二日、家康の斡旋により、正式に織田方の一将として認められ、旧領を安堵された。

一方、織田方の勢いに圧倒された勝頼は、小山田信茂の勧めを入れ、甲斐国東部の郡内岩殿城に逃れるべく、韮崎新府城を破却し、逃避行を開始した。

信君は徳川勢を先導し、富士川沿いの河内路を北上して古府中に入った。すでに逃げ去った勝頼と干戈《かんか》を交えることはなかったが、織田勢に制圧された古府中を見るのは複雑な心境だった。

やがて天目山麓田野の地で、勝頼が討たれたという報が届いた。

あの堅固にして不敗を誇った武田本宗家が滅亡したのだ。

信君は動揺した。「勝頼憎し」の感情から織田方に与したものの、こうして自らの誇りの拠り所だった武田家が滅んでしまうと、何とも心細いものだった。

――武田家を滅ぼしたのは、信長でも家康でもなく、このわしだったのだ。

それに気づいた信君は愕然とした。しかし、罪悪感を抱いて鬱々とした日々を送る信君を立ち直らせたのは、ほかでもない、かつて忠義面をしていた武田家の傍輩たちだった。

古府中に入った信長は、武田旧臣の多くが、いまだ甲信の山中に隠れていることを知り、激怒した。しかし、甲信の深山で山狩りなどしても埒が明かない。

そこで、「名乗り出れば、一切の罪を赦し、恩賞を与える」という赦免状を発行し、武れぞれ、それであり、「計策の廻文《まわしぶみ》」であり、それぞれの地位に応じて、「信濃半国」「上野一国」などという他愛《たあい》もない偽りが記されていた。

　信長は彼らを誘い出す役割を信君に課した。織田家傘下の一将としての初めての仕事が、かつての傍輩たちを騙《だま》すことになった信君は、内心、忸怩《じくじ》たる思いを抱いたが、信長の命とあらば従うほかに術はない。

「計策の廻文」に添状を付け、かつての傍輩に出頭を呼びかけた信君だったが、内心は、「こんな甘言に惑わされる者などおらぬ」と、高を括《くく》っていた。

　ところが甲信の山中に隠れていた傍輩たちは、相次いで山を下りてきた。

　信玄の弟である武田逍遥軒信綱（信廉）、信玄六男の葛山信貞《かつらやまのぶさだ》を筆頭に、一族衆や重代相恩の家臣らが続々と姿を現し、信君を驚かせた。

　彼らと対面した信君は、どのような罵詈雑言《ばりぞうごん》を浴びせられるかと身構えていたが、案に相違し、彼らは皆、尾羽打ち枯らした様子で、殊勝そうに頭を垂れ、信君に取り成しを依頼する始末だった。

　これほどみじめな姿を晒すくらいなら、先手を打って寝返っておいてよかったと、信君はつくづく思った。

　呼び出しせずとも出頭してきた小山田信茂らを含め、降臣たちはことごとく斬られた。斬られると分かった時、今度こそ罵倒の嵐を覚悟した信君であったが、彼らは最後の最後まで命乞いをやめなかった。

人という生き物の浅ましさを、まざまざと見せつけられた信君は、先を読み、俊敏に身の振り方を決することこそ、何物にも勝ると心に刻みつけた。

十一

日の出頃、尊延寺宿を出立し、草内の渡しで木津川を渡った一行は、東岸で小休止を取った。

――いよいよだな。

家康一行から少し離れた場所で休んでいた信君は、周囲に目配せすると立ち上がった。すでに襲撃場所を知らされている配下の間に緊張が走った。

重臣の帯金美作と満沢主税を伴い、信君は家康の許に向かった。

「これは穴山殿、ささ、こちらに」

家康は隣の座を空けさせると、家臣たちと食べていた握り飯を信君らにも勧めた。

「あいすみませせぬ」

腹などすいてはいなかったが、怪しまれることを恐れ、信君は握り飯にかぶりついた。握り飯は砂のような味がしたが、信君はその塊を懸命にのみ下した。

「この辺りは水がいいので、飯がうまいですな」

「は、はあ」

「して、何用ですかな」

いつものように日向臭《ひなたくさ》い顔をして、家康がとぼけたように問うてきた。

「いや、様々に考えたのでござるが、武略に秀でた惟任相手となれば、兵はいくらあっても足らぬはず」

「尤もですな」

「われら、本拠を駿河江尻に構えておるとはいえ、元をただせば甲斐の出。甲斐本国に戻った方が、より多くの武田旧臣を糾合できることに気づきました」

「ははあ」

「そこで江尻ではなく、かつての本拠である甲斐の河内に戻り、そこで兵を募ろうかと――」

「なるほど」

「となれば、ここ木津川東岸を北上し、木幡《こはた》越えにより近江に入り、美濃、信濃を経て甲州に入るが便路かと」

内心を覚られまいと、信君は涼しい顔で続けた。一方、家康は食いかけの握り飯を手にしたまま、食い入るように信君を見つめていた。

「そして、甲信の兵を一兵でも多くかき集め、浜松に参上いたす所存」

「さすがですな」

家康が、そのぎょろりとした瞳をさらに大きく見開いた。

「穴山殿はやはり器用者だ。いかにもその方が便路である上、信濃を通過するので、さらに多くの兵が集められる」

「そうなのです」

「つまり、われらはここで別れ、浜松で再会というわけですな」

「そうなります」

「分かりました」

家康が腰を上げると、周囲の重臣たちも立ち上がった。

「道中、くれぐれもお気をつけ下され。無事をお祈りいたしております」

「三河様こそ」

「それでは浜松でお待ち申し上げる」

そう言い残すと、家康は馬を引いてくるよう合図した。双方の家臣たちもそれぞれ歩み寄り、手を取り合って互いの無事を祈った。

やがて家康一行は、田原に向かう山道に消えていった。

家康一行の姿が見えなくなると、信君はその場にへたり込みそうになった。

かろうじて路傍の石に腰掛けた信君は、思い出したように竹筒の水を飲んだ。胸に詰まった米粒が、胃の腑《ふ》まで押し流されていく感覚が心地よかった。

残る仕事は、この道を引き返してくるやもしれぬ徳川の落ち武者を狩るだけである。一瞬、「もしもそれが家康だったら、わしに斬れるか」と自問した信君だったが、すでに斬る以外に道はない。

じりじりするような時が流れていった。

側近たちも同じ思いらしく、重苦しい空気が周囲に漂っている。

半刻ほど経ち、何も知らされていない下級家臣や従僕たちは、いつまでも出立しないことをいぶかしむようになってきた。

——すでに家康は、骸になっておるやも知れぬ。

そう思うと、その結果を早く知りたいという気持ちが募り、矢も盾もたまらなくなる。しかも、いつまでもこの地にとどまるのは危険この上ない。すでに本物の野盗や野伏が、付け狙っているかもしれないのだ。

「隼人佐」

迷った末、信君は中山隼人佐を呼んだ。

「ここから田原まで走り、何か変わったことがないか見てまいれ」

「はっ、変わったこととは」

「察しの悪い奴だな。三河様が無事かどうか、田原まで見届けに行くのだ」

「しかし、すでに半刻ほど前に、徳川様ご一行は出立いたしましたが」

「それは分かっておる。とにかくおぬしは田原まで行き、己の目で見、耳で聞いたことを、わしに知らせればよい」

「はい。して皆様方は、いかがなされますか」

「われらは木津川沿いを北に向かう。山城橋でいったん対岸に渡り、田辺宿で待っておるので、急いで戻れ」

首をかしげつつも、隼人佐は馬に乗って走り去った。

十二

それから半刻ほど待っても、何も起こらなかった。

ようやく安堵《あんど》した信君は、木津川沿いの河原道をゆっくりと北に進んだ。

この辺りは葦が背丈ほども茂り、見通しが利かないことにかけては、山中の峠道と何ら変わらない。

――こんなところで野盗に襲われてはたまらぬな。しかしわが家臣を殺すために、滝川の手の者が待ち伏せておるとしたら、ここしかない。

心中、得体の知れない胸騒ぎを感じつつも、四半刻ばかり北上を続けると、はるか先に山城橋が見えてきた。

——あとわずかで田辺だ。わが家臣を殺すというのは脅しであったか。

しかし信君の胸中は、不審な思いよりも安堵感に支配されていた。

——わしもいよいよ織田家中の一将として、天下統一の大事業に手を貸すことになるのだな。

信君の心は浮き立った。

——右府様は、羽柴秀吉や明智光秀のように目端の利く者を好む。武田遺領を相続すれば、わしは彼奴らに匹敵する大身となる。そしてわしは、彼奴らとの知恵比べにも勝ってみせる。

信君の胸内に鋭気が満ちた。

あとわずかで山城橋に掛かろうという時であった。行く手の葦原《よしわら》が騒いだかと思うと、そこから何かが投じられた。

「あっ」と思う間もなく、先頭を行く騎馬武者が、もんどりうって馬から落ちた。その胸から背には、手槍《てやり》が突き刺さっている。

滝川の手の者による襲撃が始まったのだ。

信君の手綱を持つ手が震えた。

家臣の誰かの叫びをかき消すように焙烙玉《ほうろく》の炸裂音《さくれつおん》が轟くと、硝煙が周囲に満ち、矢が雨のように降ってきた。

「敵襲！」

「これは――」

信君の周囲にも、容赦なく矢が降り注ぐ。

――しまった。わしも殺すつもりなのだ。

即座に状況を把握した信君は、馬を下りてその陰に隠れた。

一方、すでに抜刀した敵は、周囲の葦原から湧き出すように現れていた。

辺りを見回すと、そこかしこで突き合いや斬り合いが始まっている。すでに中間小者は逃げ散ったらしく、瞬く間に穴山勢は半減していた。

「わしを守れ！」

喚いてはみたものの、信君の近くには誰一人としてやってこなかった。

その時、河原道を北に向かって逃げてゆく満沢主税と佐野泰光の姿が、葦原越しに見えた。

「どこに行く。引け、引くのだ。わしを守れ！」

声を嗄《か》らして叫んでみたが、二人は背後を振り返ることなく駆け去っていった。

そのすぐ後を、数騎の野盗が追っていくのが見えた。その精悍な姿を見れば、二人が逃げおせることは、万に一つもないはずである。

歯噛《はが》みしつつ、硝煙に紛れて手近の葦原の中に身を隠した信君は、木津川に足を踏み入れた。

――このまま泳ぎ渡るか。

信君の故郷は釜無川の畔である。体は肥満したとはいえ、川を泳ぎ渡るくらい、お手の物である。

その時、上流から水しぶきと絶叫が聞こえた。次の瞬間、夥《おびただ》しい数の矢と手裏剣の刺さった帯金美作の死体が、ゆっくりと流れてきた。信君を見捨てて対岸に泳ぎ渡ろうとした美作は、敵に見つかり惨殺されたのだ。見通しのいい川中に泳ぎ入ることは死を意味していた。

美作に限らず、普段から目をかけてきた家臣たちは、かつて勝頼を見限った信君に倣うがごとく、己のことだけを考え、思い思いに逃げ延びようとしていた。

――何という輩《やつばら》だ！

忠義心の欠片《かけら》もない家臣たちに憤慨した信君であったが、今更、それを言っても始まらない。

――何としても、この場を切り抜けねば。

斬り合いはいまだ続いているらしく、白刃のぶつかり合う音と叫びが、そこかしこから断続的に聞こえてくる。大きく葦が揺れる度に絶叫が起こり、背丈ほどもある葦の上に血しぶきが噴き上がる。葦の間に隠れていた家臣や中間小者が、見つかり次第、斬られているのだ。

信君が見つかるのも時間の問題だった。

その時、先ほど手綱を放した信君の愛馬が、草を食《は》みながら近づいてきた。

葦の間に隠れて状況を観察した信君は、思い切って馬に駆け寄り、鐙に足を掛けた。

「いたぞ、捕まえろ！」

背後から敵の声が追いすがってきたが、構わず信君は葦原の中を疾走した。

「取り逃がすな。必ず討ち取れ！」

それは聞き覚えのある声だった。

――滝川か。彼奴がなぜここにいる！

夥しい矢が信君の頭上を通り過ぎていった。上体をかがめ、必死の思いで手綱を握る信君であったが、遂に一本の矢が背に突き立った。

「あうっ！」

その衝撃に、信君はもんどりうって馬から落ちた。

最後の力を振り絞り、背から矢を抜いた信君が激痛を堪えて立ち上がろうとした時だ。

「手間のかかるお方だ」

振り向くと滝川雄利が立っていた。その背後には、野盗に扮した伊賀者が続々と集まりつつある。しかし信君の周囲には、誰一人、味方はいない。

――無念だ。

覚悟を決めた信君だが、こうして死を迎えることが、どうしても腑に落ちない。

「家康一行を襲っているはずのそなたが、どうしてここにおる」

大地に手をつき、大きく息をあえがせながら信君が問うた。

「ははあ、さすがの穴山殿にも分かりませぬかな」

「まさか――」

信君はようやく思い当たった。

「そう、右府様が惟任に討ち取られたのは真だったのです」

家康を誘い込むために、あえて無防備となった信長は、家康ではなく光秀を呼び込んでしまった。

――何たる皮肉か。

信長の無念が信君の胸に迫った。しかし信長など、すでにどうでもよかった。

「それが、どうしてわしを討つことにつながるのだ。わしを討ったところで、おぬしに得などあるまい」

「それがあるのです」

哀れみを込めて雄利が言った。

「戦国の世は、変わり身早き者だけが生き残れる。それを教えてくれたのは、穴山殿ではござらぬか」

雄利が、ここに至るまでの顚末を語った。

いち早く信長横死を知った雄利は、今後、天下の主導権を握る一人が家康であると確信し、家康への接近を試みた。雄利には、伊勢国衆に顔が利くという利点がある。三河国から上洛を果たすには、伊勢国を押さえておく必要があるのは自明である。しかも雄利は織田信雄という玉《ぎょく》を握っている。

信雄を首魁《しゅかい》とし、家康が執政の座に就いた新織田政権を樹立させるためには、雄利ほど必要な人材はいないはずであった。

雄利は家康の許に参じ、信雄の擁護を願い出た。

この話に家康も乗った。家康は、自らを安全に三河国まで落としてくれるなら信雄の後ろ盾になるという。

この条件に同意した雄利は、伊賀や伊勢の知己に根回しを行い、帰路の安全を確保した上、海路を使って三河に戻るための船と水主《かこ》まで手配した。

伊賀の一地侍にすぎない服部半蔵と、伊勢の名門・木造家の出である雄利では、在地衆への影響力が違っていた。この根回しにより、家康一行は、ほぼ安全に帰国できる目処《めど》が立った。

しかし、家康暗殺計画に雄利が加担していたことが後に知られれば、家康と信雄の同盟にもひびが入る。悪くすると信雄政権樹立後、雄利だけが排除される恐れもある。そのため雄利は、この計画を知る信君とその配下を、ひそかに討ち取ることにしたというのだ。

「謀《たばか》ったな三郎兵衛。この書も偽りだったのだな」

信君が懐から出したのは、かつて信長から拝領した安堵状だった。

「それは、右府様の印判を持って右往左往していた祐筆の楠長諳を捕まえ、脅して書かせたものです」

伊賀者の一人が素早く手を伸ばし、それを取り上げた。

「穴山殿、お覚悟はよろしいか」

信君が、いよいよ覚悟を決めて頭を垂れた時だった。

「待て！」

突如、葦原の間から現れた男が、駆け込みざまに伊賀者一人を叩き斬った。

「何奴！」

伊賀者たちが戦闘隊形に入るよりも早く、男は信君と雄利の間に割って入った。

「隼人ではないか！」

男は中山隼人佐であった。

「殿、この場はそれがしに任せ、お逃げ下され。馬はあちらに」

隼人佐の指した堰堤の上では、一頭の馬が草を食んでいた。

「かたじけない！」

信君は最後の力を振り絞って立ち上がると、堰堤に向かって駆け出した。背から流れ出る血により、革袴から脛巾《はばき》や草鞋《わらじ》までぬるぬるしている上、踏み出す度に激痛が背筋を貫く。それでも信君は駆けた。駆けるよりほかに、命を長らえる術はなかったからである。

「どけ！」

「どかぬわ！」

振り向くと、滝川らとの間に入った隼人佐が、白刃を振り回している姿が目の端に捉えられた。

「殿、少し先に酒井様が！」

隼人佐の声が追ってきた。

――近くまで酒井殿が来ておるのか。これは助かるやも知れぬ。

一縷の望みが出てきた信君は、必死の思いで堰堤を這い登り、馬に飛び乗った。その間も間断なく手裏剣が飛来したが、距離があるため信君にも馬にも当たらない。

その時、隼人佐が膾《なます》にされている姿が目に入った。

「殿、ご無事で！」

最期の時、隼人佐がそう叫んだように聞こえた。

馬首にしがみついた信君は、鞍の四緒手《しおで》に絡めてあった馬鞭《ばべん》を摑むと、尻に一鞭くれた。馬は怒ったようにいななくと疾走を始めた。

その逞しい首に信君は懸命にしがみついた。

――隼人佐、かたじけない。

心中、信君は隼人佐に詫びた。そして二度と、知恵や口舌だけで人を用いるまいと心に誓った。

その時、背後から迫る馬蹄の音が聞こえてきた。振り向くと、般若《はんにゃ》のような形相をした雄利が、伊賀者を従え、土煙を蹴立てて追いかけてくる。

――ここが切所だ。

飛び来る矢と手裏剣を巧みな手綱さばきでよけつつ、信君は、これでもかとばかりに馬の尻に鞭をくれた。背中の痛みは、馬が躍動する度に背筋を貫いたが、生き残るためには耐えるほかなかった。

しばらく行くと、前方の砂煙の中に数騎の武者が見えてきた。

――あれは――、酒井殿ではあるまいか。

金鍍金《きんときん》の施された鹿角の脇立てが日光に反射している。間違いなく酒井忠次とその配下である。

――助かった。わしは切所を切り抜けたのだ！

信君は心の中で絶叫した。胸底から自信と力がよみがえってきた。

次の瞬間、弓を引き絞る忠次らの姿がはっきりと見てとれた。背後から追いすがる雄利らを狙っているに違いない。

――あの中に駆け込めば、わしは助かる。

さらに馬に鞭をくれると、忠次の顔もはっきりと捉えられた。雄利らも徳川勢の姿を認めたらしく、その追い脚が鈍り、すでに矢も手裏剣も飛んでこない。

――助かった。わしは助かったぞ！

歓喜の涙が頰を伝った。

「酒井殿！」

信君が片腕を高く差し上げ、歓喜の叫びを上げた時だった。

正面から飛来した数本の矢が、信君の胸板を貫いた。

――ど、どうして！

たまらず信君は落馬した。

十三

走り寄った忠次の小者が信君の体を検《あらた》めると、忠次に向かって大きくうなずいた。

信君は、すでに骸となっていた。

「これは酒井様」

信君を追ってきた雄利が、忠次の眼前に拝跪した。

「滝川殿、どうやら委細あるようだが、詳しく聞くつもりはない。それよりも、われらと織田家の末永い紐帯を思い、この者を始末した。この者は――」

信君の遺骸を蔑むように見ると、忠次が言った。

「表裏者だからな」

「はっ」

「わしは、どうにもこうした表裏者が好きになれぬ。われら三河者は、忠義だけが取り得なのでな。おぬしも表裏者の末路をよく見ておくがよい」

「は、はい」

「いずれにしても、われらはただちに浜松に取って返し、すぐに上洛の兵を興す。おぬしらも抜かりなきよう頼む」

それだけ言い残すと、忠次が踵《きびす》を返した。

「しかし、どうしてここに来られたのか」

雄利の問いかけに、忠次が振り向いた。

「われらの軍法は前方だけでなく背後にも気を配る。上様より殿軍《しんがり》を承ったわしが田原にとどまっておると、中山隼人佐と申すこの者の配下がやってきた。隼人佐はこの者に命じられ、われらの様子を見にきたと申すのだ。きな臭いものを感じたわしは、隼人佐とここまで戻ってみた。すると少し先で、喚き声《わめごえ》と剣戟《けんげき》の音が聞こえた。異変を覚った隼人佐は、わしが止めるのも聞かず、かような表裏者を救うために死地に飛び込んでいった。隼人佐こそ真に天晴《あっぱ》れな忠義者だ。われらもどうするか迷っていると、この表裏者が逃げてきたというわけだ」

忠次が憮然《ぶぜん》として続けた。

「かような表裏者でも傘下国衆ゆえ救おうと思うたが、弓を構えたところで、おぬしの顔が見えた。わしは瞬時に徳川家の損得を弾き、この者に向けて矢を放ったというわけだ」

「酒井様、真にかたじけなく――」

「このことは殿にも内密にしておく。これを恩に思うなら、向後、茶筅（信雄）をうまく操り、何があっても、われらを裏切らぬようにせよ」

「ははっ、あい分かりました」

雄利が河原石に額を擦り付けた。

「行くぞ」

夥しい砂塵《さじん》を残し、忠次らが去っていった。その後には、埃にまみれた信君の骸だけが残されていた。それに憎々しげな一瞥《いちべつ》をくれた雄利は、ようやく安堵のため息を漏らした。

〈対談〉逢坂 剛×伊東 潤
作家の好奇心こそが歴史小説を面白くする

ミステリー小説を主戦場に、江戸時代や第二次世界大戦下の欧州を舞台にした作品を数多く発表してきた逢坂剛《おうさかごう》。歴史小説を主戦場に、近現代を舞台にした本格社会派ミステリーでも高い評価を得る伊東潤《いとうじゅん》。それぞれ逆方向のアプローチから小説の面白さを突き詰めてきた作家二人が語る、歴史の楽しみ方とは？

――まずは逢坂さんに、『戦国鬼譚　惨』の感想をおうかがいしたいです。

逢坂　とても面白く読みました。特に最後の「表裏者」は、どんでん返しに次ぐどんでん返しで、優れたミステリー作品になっていました。作中に書いてあったことは、すべて史実なんですか？　それがすごく気になりますね。

伊東　ありがとうございます。江戸時代以前の歴史は、一次史料という意味での史実というものは少なくて、歴史研究家の先生方の定説が史実と混同されていることが多いですよね。つまり史実と定説の境目が曖昧《あいまい》になっているんですね。そこで一次史料には準拠しつつも、定説には必ずしも従わず独自の解釈を行うのが、私の物語構築手法なんです。

逢坂　なるほど。それは歴史家にはできない、小説家の特権だな。

伊東　歴史は氷山みたいなもので、海面に見えているのはほんの少しで、その下には十倍以上の隠された事実があります。それを海面に引き出すような、「こんなことがあり得たかも」という解釈で描いていくのが、歴史小説家の役割だと考えています。

逢坂　その通りですね。史実通りに書くだけならば、読者はおおかたみんな、知っているわけです。その知っている話を、いかに楽しませる作品にするかが、大切なんですよね。伊東さんはよく調べて書いていて、例えば「掛真《けしん》」とか「川狩《かわがり》」とか、普段聞きなじみのない言葉も出てきたけど、こういう言葉はどうやって調べたんですか？

伊東　「掛真」は出家者の肖像画、「川狩」は川漁師のことですね。こうした用語は、史料や研究本に出てきて自然に覚えました。『現代語から古語が引ける古語類語辞典』（三省堂）なども使っていますが、自分用の歴史用語辞典も作っています。

逢坂　私も、江戸時代の言葉がなかなか覚えられなかったので、調べながら自分なりの用語辞典を作りましたね。自然に使えるようになるまで、二、三年はかかったかな。でも、調べたことをあまり書き過ぎると、逆に読者がついてこられなくなるから、大変なんですよね。

伊東　そうなんです。私も初期作品は地の文での説明が多かったのですが、調べたことをすべて書きたくて本筋から外れてしまうことが、しばしばありました。最近は抑制できるようになりましたが、年齢を重ねるうちに知識が増えるのと反比例するように、何かを調べる根気がなくなるのではないかと不安になっています。逢坂さんは今、七七歳ですよね。以前より調べ物をするのが、きつくなっている感覚はありますか？

逢坂　全然。結局、調べるのが好きなんですよね。スペイン内戦とか、第二次世界大戦を舞台にした作品を書くときは、普通の人が読まないような、外国語の一次史料を読む必要がある。これは、仕事だと思ってやったらきついけれども、好きだから苦にならない（笑）。

伊東　それを聞いて安心しました。私も調べ物が好きなので、まだまだ大丈夫そうですね。

――お二人とも、膨大な量の史料調査をされていますが、それとは裏腹に完成した作品はエンターテインメント性が非常に高いです。エンタメ性を確保する時に、史料が邪魔になることはないのでしょうか。

逢坂　それはテーマによるでしょう。戦国時代は、昔から多くの作家が調べて書いているので、むしろ書ける範囲が狭いんじゃないかな。そこに、新たな解釈を付け加えるのは、書く側のプレッシャーになるけれども、同時に楽しい作業でもある。

伊東　私の執筆ポリシーは、史実に沿いつつも、しっかりエンタメ性を確保していくというものです。歴史研究では、まず頂点に一次史料で実証された史実があり、その下に歴史学者の定説があり、その下に様々な解釈があります。僕は史実を絶対に曲げませんが、定説には「本当にそうだろうか」という疑問を持ち続けます。つまり史実に独自の解釈を施していくことで、エンタメ性を確保しているんです。

逢坂　私は、歴史上の有名な人物が作中で、ペラペラとしゃべることに違和感があるから、ヒトラーやゲッペルスが自分の考えを語るようなシーンは、書きませんでした。あくまで第三者の目と耳、五感を通して描くようにしています。

伊東　よく分かります。私も織田信長《おだのぶなが》と西郷隆盛《さいごうたかもり》に自らしゃべらせるのは気が引けるので、側近の視点をよく使います。

逢坂　小説だから、作家がある程度従来のイメージを変えるのは、悪いことではない。ただ、すでにできあがっている人物像を大きく崩すと、読者がとまどう場合がある。逆に、既存のイメージをそのままなぞると、すでに誰かが書いたような作品に、なってしまう。そこに歴史小説を書く難しさが、あるかもしれませんね。

伊東　最近の若手作家の歴史小説は後景で歴史が流れ、前景でマイナーな人物や架空の人物が活躍する小説が多いんです。対して僕は有名人を真っ正面から描くスタイルなので、歴史解釈力が生命線になりますね。

逢坂　まず史実があって、定説があって、それから解釈が続くという考え方は、解釈の部分でいくらでも冒険ができるので、面白いと思います。私も「当時ヒトラーがこんな場所にいたはずがない」と専門家から指摘されないために、ヒトラーが何年何月何日にどこにいた、という英語版の〈ヒトラーの行動日録〉を、チェックしました。そうすると、ヒトラーが何もしなかった空白の期間が、飛び飛びに何日間か、あるわけです。そこを利用して、フィクションを組み立てる工夫をすると、専門家にも文句をつけられないフィクションが、できあがります。

伊東　史実の隙間があれば、そこで小説家は芸を見せねばなりません。八甲田山《はっこうださん》雪中行軍事件を描いた『囚われの山』は、最初の新聞報道では遭難した兵士が二〇〇人ちょうどだったのですが、後に一九九人に訂正されています。これは概数が時間の経過と共に厳密になっただけだと思いますが、「なぜ一人減ったのか」という理由から物語をふくらませていきました。そこが小説の真骨頂ですから。

逢坂　やはり皆、そうやってクリアしていくんですよね。新たな史料を発見するのも、作家の楽しみのひとつです。第二次大戦中に、ポーランドの将校が大量に殺されて、カティンの森に埋められた事件がありましたね。あれは戦後、ゴルバチョフ書記長の時代のソ連が犯行を認めて、おおやけに謝罪しました。ところが、当時のゲッペルスの日記を読んでいたら、「カティンの森の真相がばれたらまずい」という、ナチスのしわざだということをにおわせる、短い記述があるのを見つけました。これなんかは、いまだに私の中で謎になっています。

伊東　そんなことがあったのですか。そういう発見をすることが調べることの面白さですよね。とくに海外のことは知られていないことが山ほどありますから。同時に、日記や書状は誰かに読ませる前提でファクトが書かれていないことがあるので、取り扱いが難しいですね。『戦国鬼譚　惨』所収の「表裏者」でも、そうした情報によって右往左往させられる人間模様を描きました。何が正説（正しい情報）で何が惑説（敵を惑わすための情報）か。そうしたことも、ミステリーテイストの濃い歴史小説を書く際のいいスパイスになります。

逢坂　史実をアレンジして、二転三転するどんでん返しを作ったわけですね。このアイデアを、長篇で使う手もあったんじゃないかな。

伊東　はい。これは短篇で終わらせるには惜しいアイデアだったので、多少のアレンジを加えて『峠越え』（講談社文庫）という長篇でも書いています。家康の伊賀《いが》越えは史料が少なく、どれほどの危機だったかについては、研究家によっても見解が分かれます。しかし軍記物などでは、近習や小姓が家康を守って何人も死んでいるので、家康の生涯で一番の危機だったのではないかと思っています。小説なので、史料のない部分は創造で補って面白い物語に仕立てていくのですが、あまりに史料が少ないと、少し後ろめたい気持ちになるのも事実です。

逢坂　まあ、「小説だから」という逃げ道はあるけど、それを使うのに躊躇《ちゅうちょ》を覚える場合も、なくはないですね。

伊東　そうですね。少しでも史実が残っていた方が、胸を張って物語が紡げるのですけどね。そうもいかないのが現実です。

——歴史小説は史料を調べる時間が必要で、ミステリーもトリックを考えたり、伏線を矛盾なく張ったりするのに時間がかかると思います。その上でお二人とも数多くの作品を発表されていますが、なぜハイペースで書き続けられるのでしょうか。

逢坂　その時代やテーマに興味があって、調べるのが好きということに尽きるでしょう。「好きこそ物の上手なれ」といわれますが、作家も画家も彫刻家も、それから登山家も職人さんも芸能人も同じで、みんな「好きこそ……」のパターンの一つに過ぎない、と思います。

伊東　全く新しい分野でも、史料や関連書籍を読んでいると、何が物語に役立つ情報か見えてくるんですよ。だからこの仕事に慣れれば慣れるほど効率がよくなります。経験と勘の成せる業《わざ》ですね。それだけでなく創作の工程や手順が確立できているので、生産性が高いように見えるわけです。私の場合、メルマガやvoicyで無料コンテンツを定期的に出し、オフ会、読書会といったファンとの交流も頻繁に行い、加えてウォーキングや水泳も週五回平均で行っているので、仕事ばかりしているわけではありません（笑）。

――歴史小説はミステリーと比べるとハードルが高い、と思っている読者が多いと思うのですが、そんな方々に向けて歴史小説の魅力を語っていただきたいです。

逢坂　小説を書くのは仕事だけど、楽しい趣味の一つという面もあります。歴史小説の中にも、作家が楽しみながら書いた痕跡が、かならず残っているはずです。それを探しながら読むと、面白さが分かってくると思う。だから、まず読んでみてほしい。池波正太郎《いけなみしょうたろう》さんでも藤沢周平《ふじさわしゅうへい》さんでも、面白い作品を読めば歴史小説の魅力が、分かってきます。

伊東　歴史小説の一番の弱点は、誰でも結果を知っていることです。結果が知られているのに、これだけの長きにわたり膨大な読者を魅了してきたのは、勝敗を分けた決断、歴史を動かした結果に行き着くまでのプロセスに、人の感情の動き、すなわち人間ドラマがあるからです。たとえば本書で取り上げた人々も、研究本だと「敵に寝返った」「城を捨てて逃げ出した」といった一言で済んでしまいます。そこには苦悩も葛藤もないわけです。ところが当事者たちは「武田を信じて節に殉《じゅん》じようか、織田に寝返ろうか」と迷いに迷い、究極の選択をしているわけです。本書の冒頭の一篇「木曾谷の証人」はその典型ですね。もちろんこうした感情が一次史料で残されていることは極めてまれですが、そうした人間の普遍的な感情を想像で描いていくことが、歴史小説の使命であり、また人気の秘訣だと思っています。

――これから書いてみたい題材はありますか。

逢坂　実現するかどうか分からないけど、伊達政宗《だてまさむね》の命令でヨーロッパに渡った、支倉常長《はせくらつねなが》の話ですかね。支倉については、今東光《こんとうこう》さんや遠藤周作《えんどうしゅうさく》さんも書いていますが、私は多少スペイン語が分かりますから、そこがアドバンテージになるかもしれない。セビリャの郊外に、スペイン語で〈日本〉を意味する〈ハポン〉、という姓の多い村があります。そこに、支倉の使節団の一行が行き帰りに、立寄っているんです。それで、ハポン姓の人たちは支倉一行の中で居残った、日本人の末裔ではないか、という説があるわけです。私も、その村に二度ほど行きましたが、支倉たちが行った何年後かの、教会の受洗記録にハポン姓が出てくるので、かなり蓋然性《がいぜんせい》が高いといわれています。

伊東　実際にその村に行ったんですか。すごいですね。

逢坂　村人は「自分たちは日本人の末裔だ」って、まじめな顔で言うんですよ。それがとても興味深くてね。

伊東　大作になりそうですね、楽しみです。私も書きたい題材は尽きません。今は小説で通史を書いていきたいという野望があります。どの時代を生きた人々も、懸命に考え、最良だと思う選択をし、その結果、大半が思惑通りに行かずに死んでいったわけです。そうした人間の試行錯誤の足跡を残していくのが、自分の使命だと心得ています。歴史小説は戦国時代と幕末維新を取り上げた作品が多いのですが、古代も、鎌倉も、室町も、戦前と戦後も、どの時代も素晴らしい題材にあふれています。そこを地道に切り開いていくことで、新しい歴史小説のカタチも見えてくると思います。

おうさか・ごう
一九四三年、東京生まれ。八〇年「暗殺者グラナダに死す」でオール讀物推理小説新人賞を受賞しデビュー。八六年に刊行した『カディスの赤い星』で直木賞、日本推理作家協会賞、日本冒険小説協会大賞をトリプル受賞。二〇一三年に日本ミステリー文学大賞、一五年には『平蔵狩り』で吉川英治文学賞を受賞。「百舌」シリーズや「長谷川平蔵」シリーズ、「賞金稼ぎ」シリーズなど著作多数。

『戦国鬼譚　惨』二〇一二年十月刊　講談社文庫

中公文庫

戦国鬼譚《せんごくきたん》　惨《さん》

2021年11月25日　初版発行

著　者　伊《い》 東《とう》　潤《じゅん》

発行者　松 田 陽 三

発行所　中央公論新社
〒100-8152　東京都千代田区大手町1-7-1
電話　販売 03-5299-1730　編集 03-5299-1890
URL http://www.chuko.co.jp/

ＤＴＰ　平面惑星
印　刷　三晃印刷
製　本　小泉製本

Published by CHUOKORON-SHINSHA, INC.
Printed in Japan　ISBN978-4-12-207136-0 C1193

中公文庫既刊より

各書目の下段の数字はISBNコードです。978－4－12が省略してあります。

い-132-1
走狗 伊東潤
西郷隆盛と大久保利通に見いだされ、幕末の表舞台に躍り出た川路利良。警察組織を作り上げ、大警視まで上り詰めた男が見た維新の光と闇。〈解説〉榎木孝明
206830-8

い-132-2
叛鬼 伊東潤
早雲、道三よりも早く下剋上を成し、戦国時代の扉を開いた男・長尾景春。悪名に塗れながらも、叛逆を続けた武士の正義とは？〈巻末対談〉本郷和人×伊東潤
207108-7

お-87-1
アリゾナ無宿 逢坂剛
時は一八七五年。合衆国アリゾナ。身寄りのない一六歳の少女は、凄腕の賞金稼ぎ、謎のサムライと賞金稼ぎのチームを組むことに⁉〈解説〉堂場瞬一
206329-7

お-87-2
逆襲の地平線 逢坂剛
〝賞金稼ぎ〟の三人組に舞い込んだ依頼。それは十年前にコマンチ族にさらわれた娘を奪還してほしいというものだった……。〈解説〉川本三郎
206330-3

お-87-3
果てしなき追跡（上） 逢坂剛
土方歳三は箱館で銃弾に斃れた――はずだった。一命を取り留めた土方は密航船で米国へ。友を、そして記憶を失ったサムライは果たしてどこへ向かうのか？
206779-0

お-87-4
果てしなき追跡（下） 逢坂剛
西部の大地で離別した土方とゆら。人の命が銃弾一発より軽いこの地で、二人は生きて巡り会うことができるのか？　巻末に逢坂剛×月村了衛対談を掲載。
206780-6

や-67-1
鬼神 矢野隆
陰謀渦巻く平安時代。源頼光率いる武人たちと、鬼と呼ばれた大江山の民。二つの思いが交錯するとき、歴史を揺るがす戦が巻き起こる！
206740-0